講談社文庫

風来の剣

鳥羽 亮

講談社

目次

風来の剣

深川群狼伝

第一章　若松《わかまつ》

1

お吉《きち》は水茶屋の床几《しょうぎ》に腰を下ろすと、赤い前垂れに黒下駄姿の娘に茶を頼んだ。十六、七だろうか、頬のふっくらした色白の娘である。おそらく、この店の看板娘なのだろう。その娘が茶釜のある奥へひっ込むと、お吉はあらためて店の前方に目をむけた。

左手に深川《ふかがわ》、洲崎弁財天《すざきべんざいてん》の社殿があり、ちらほらと参詣人の姿が見えた。右手には洲崎の海岸がひらけ、砂浜の先に陽春を反射《はね》た江戸湊の海原が金砂を撒《ま》いたようにかがやいている。その海原を、白い帆を風にふくらませた廻船がゆったりと過ぎていく。

洲崎弁財天の社《やしろ》は海浜を埋めたてた地にあり、佳景の地としても知られていた。境内の外には遊山らしい人々の姿も見えた。

「いい陽気になったねえ」

お吉はひとりつぶやいた。

店のなかにも潮風が流れ込み、お吉の汗ばんだ肌を心地好くなでていく。

お吉は二十七。大年増だが、色白のうりざね顔で、切れ長の目をした美人だった。嶋田髷《しまだまげ》に銀かんざし、黒襟のついた網目格子《あみめごうし》の着物に黒塗りの下駄という粋な姿である。お吉は深川、黒江町にある若松《わかまつ》という料理茶屋の女将《おかみ》だった。

女将になる前は、吉丸《きちまる》という売れっ子の深川芸者だったが、若松の主人の清右衛門《せいえもん》に身請けされ、後妻に入ったのである。吉丸という名は男のようだが、深川芸者は、「いき」や「いさみ」を売り物にし、男のような名をつける者が多かったのだ。

お吉は信心深い女で、八幡宮やちかくの寺社によくお参りに出かけたが、今日は春の陽気に誘われて洲崎まで足を伸ばしたのである。

「潮風が気持いいねえ」

お吉は、茶を持ってきた色白の娘に声をかけた。

「はい、もうすこしすると、潮干狩りで賑やかなんですよ」

娘は、お吉に笑いかけた。陽気がいいせいもあってか、娘の頬が桃色に染まっている。

いわれて見ると、海岸ちかくの海中にいくつかの人影があった。砂のなかの蛤《はまぐり》や蜊《あさり》を探しているらしい。

洲崎は品川海岸と並ぶ江戸の潮干狩りの名所でもあった。桜の季節が終わり、大潮のころになると、この海岸も潮干狩りの者たちで賑わうことになるのだろう。

お吉が茶を一口飲んだとき、店の両側に張った葦簀《よしず》の脇から男がひとり、ふらりと店に入ってきた。三十がらみの痩せた目付きの鋭い男だった。

細縞《ほそじま》の着物を尻っ端折りし、草履履きである。遊び人か地まわりであろうか。いずれにしろ、まっとうな男ではないようだ。

水茶屋のなかには、他の客もいた。参詣にきたらしい母娘《おやこ》連れ、若い店者《たなもの》らしい男、それに頭巾をかぶった商家の隠居らしい老齢の男。いずれも、茶を飲みながら春の陽にかがやく江戸湊を眺めている。

入ってきた男は、チラッとお吉に目をやり、後ろの床几に腰を下ろした。注文を訊きにきた娘に、茶と饅頭を頼んでいるようだった。

お吉は茶を飲み終えると腰を上げ、茶代を払って外に出た。八ツ（午後二時）ごろであろうか、陽はすこし西にかたむいていた。

この辺りは木場にちかく、笹藪《ささやぶ》や葦原《あしはら》の間に掘割や水をたたえた貯木場などが目についた。材木を積んだ場所も多く、潮風のなかに木の香りもまじっている。

お吉は、堀沿いの道を西にむかった。前方に掘割にかかる汐見《しおみ》橋が見え、その先には三十三間堂の甍《いらか》と永代寺門前町の家並がつづいている。通りには、ぽつぽつと参詣客らしい姿が見えた。

お吉が汐見橋を渡ったとき、背後から聞こえてくる足音に気付いた。足早に、こっちにむかってくるようだが、お吉は振り返りもしなかった。通りには人影があったし、春のおだやかな陽気が、お吉に警戒心を抱かせなかったせいかもしれない。

足音はしだいに近付いてきた。足音とともに息遣いの音も聞こえるほどの距離にきて、はじめてお吉は振り返った。

水茶屋に入ってきた三十がらみの男である。ふところに右手をつっ込み、鋭い目付きでお吉を睨むように見つめている。まだ、五、六間ほど離れていた。走ってはいなかったが、急ぎ足でお吉との間をつめてきた。男の身辺に殺気だった雰囲気がある。

お吉はすこし足を速めた。前方から黒の腹掛《はらがけ》に股引、屋号の入った半纏《はんてん》をひっかけた船頭らしい男がこっちへやってくる。そこは入船町で、通りの両側には町家がつづき、さっきより人通りも多くなった。

男の足音はさらに迫ってきた。そして、一間ほどの距離につまったとき、

「姐《あね》さん、ちょいとお待ちを」

と、低い声で呼びとめた。

「あたしかい」

お吉は、足をとめて振り返った。

男の顔がこわばり、目が異様なひかりを放っている。お吉も怯えたような目をして男を見つめた。

そのとき、そばを通りかかった船頭らしき男が足をとめ、ふたりに目をむけた。立っているふたりに、ただならぬ気配を感じたのかもしれない。

「へい、姐さんは若松の女将さんじゃァありませんか」

男が低い声で訊いた。

「そうだよ、おまえさんは」

お吉が訊いたが、男は答えなかった。

ふいに、男がふところにつっ込んでいた右手を抜いた。手元がキラリとひかった。その瞬間、男は、死ね、と声を上げ、お吉に駆け寄った。

お吉は、ひき攣《つ》ったように顔をゆがめて短い悲鳴を上げた。慌てて反転し、逃げようとした。そのとき、片方の下駄が脱げたが、お吉はそのまま走った。足元で砂埃《すなぼこり》がたち、お吉の腰がくねり、体が奇妙に上下した。

だが、ほんの二間ほど逃れただけだった。凄まじい勢いで駆け寄った男は、すれちがいざま手にした匕首《あいくち》を突き出した。

ギヤッ！　と、お吉が悲鳴を上げた。着物の左の肩口が裂けて、白い腕があらわになっている。

すれちがった男は三間ほど走り、反転して匕首を構えなおし、ふたたび突きかかってこようとした。

そのとき、お吉が絶叫を上げた。

「人殺し！　助けて！」

その声に、そばにいた船頭らしき男が、大声を上げながらお吉と男の間に走り込んできた。

通行人も驚いたように足をとめて、なりゆきを見つめていた。

走り寄る男の姿を見て、匕首を手にした男は足をとめ憎悪に顔をゆがめて、

「若松のやつら、いつか、皆殺しにしてやる！」

といい捨てると、反転して駆けだした。

その男の背が遠ざかると、船頭らしき男が向き直って、

「女将さん、でえじょうぶですかい」

と、心配そうな顔で訊いた。四十がらみ、陽に灼《や》けたがっちりした体軀の男である。

「だ、だいじょうぶだよ。かすり傷だから……」

お吉は声を震わせてそういうと、自分の左腕に目をむけた。着物は派手に裂けていたが、傷を負ってはいない。匕首の切っ先で着物を裂かれただけである。

「おまえさん、名前は」

お吉が、船頭に訊いた。

「へい、船政《ふなまさ》の船頭で、房造《ふさぞう》ともうしやす」

船政というのは、深川熊井町の大川端にある船宿だった。房造は、入船町に嫁にいった娘のところへ行く途中だといい添えた。

「ふ、房造さん、あたしを若松まで送ってくれないかね。……あたし、怖くって」

お吉が蒼ざめた顔でいった。

そのとき、ふたりの周囲には人垣ができていた。お吉の絶叫を聞きつけ、近所の店から飛び出してきた者や通行人たちが、とりかこんでいたのだ。

「ようがす、お送りいたしやしょう」

房造が声を強くしていった。衆人環視のなかで、いや、とは言えなかったろうし、相手は名の知れた料理茶屋の女将だった。頼まれて悪い気はしなかったのかもしれない。

2

井戸端で、長屋の子供たちが遊んでいた。五、六歳だろうか、芥子坊《けしぼう》姿の男児が三人、前髪に布切れを結んだ女児がひとり、日溜りで草履を飛ばして遊んでいる。足を振って、草履をどこまで遠くへ飛ばすか競っているようだ。

五ツ半（午前九時）ごろである。長屋の男たちは仕事で出かけて、ひっそりしているせいか、子供たちの歓声や笑い声がやけに大きくひびいていた。深川入船町にある甚助店《じんすけだな》と呼ばれている棟割り長屋である。

蓮見《はすみ》宗二郎《そうじろう》は肩口に手ぬぐいをひっかけ小桶を手にして、ぶらりと井戸端へやってきた。顔を洗おうと思ったのである。

子供たちは近付いてくる宗二郎に気付くと、草履を飛ばすのをやめて顔を見合わせたが、宗二郎が大口をあけて欠伸《あくび》するのを見て、クスリと笑った。そして、顔を突き合わせてなにやらささやき合っていたが、宗二郎が井戸端に立って背中を向けると、また草履を飛ばし始めた。

宗二郎は眠そうな冴《さ》えない顔をしていた。昨夜、同じ入船町にあるゑびす屋という田楽屋で遅くまで飲み、まだ起きたばかりだったのである。

宗二郎は釣瓶《つるべ》で水を汲むと、まずゴクゴクと音をたてて飲み、それから小桶に移して顔を洗った。冷たい水が心地好かった。だらけた体と頭が、すこしシャキッとしたようである。

そのとき、男児たちの囃《はや》し立《た》てるような声がし、ワァッ、と女児が泣き声を上げた。

「どうした、おたま」

泣き出したのは、草履飛ばしをしていた女児である。宗二郎の部屋と斜向《はすむ》かいに住むぼてふりの娘だった。父親は忠助《ちゅうすけ》といい朝早くから魚を売り歩いている。母親はお滝《たき》。気のいい女で、ときどき宗二郎の部屋へ売れ残った魚をとどけてくれることもあった。

「あ、あたいの草履が顔に……」

勢いよく草履を飛ばそうと足を振ったが、前に飛ばずに顔に当たったようである。それを、男児たちが馬鹿にして囃立てたようだ。

おたまの頬が、涙と泥でクシャクシャである。

「そんなことで、泣くな」

宗二郎は手ぬぐいで、おたまの顔を拭いてやりながら、おれに、貸してみろ、というと、履いていた下駄を片足だけ脱ぎ、おたまのちいさな草履を親指にひっかけ、ヤッ、と声を上げて飛ばした。
四、五間も飛んだ。子供たちの草履は、せいぜい二間ほどだったので、倍以上ということになる。
「どうだ」

宗二郎は得意そうな顔をしたが、男児たちは不服そうに頬をふくらませた。恨めしそうな目を、宗二郎にむけている子もいた。草履が遠くへ飛び過ぎたようである。

三人のなかで一番年嵩《としかさ》の権太《ごんた》という日傭取《ひようとり》の倅《せがれ》が、ずるいや、といって、飛ばした草履の所まで片足でちょんちょんと跳び、

「おたまとなんか、遊んでやらねえ」

と声を上げて、駆けだした。他のふたりの男児も同じように草履を履き、権太の後を追った。

おたまだけが、涙ぐんだまま宗二郎の袴に顔をくっつけて立っていた。仲間外れにされたようである。

「あんな連中と遊ぶな。いま、草履を持ってきてやる」

宗二郎がそういって、井戸端から離れようとしたとき、草履のそばに人影があらわれた。佐吉《さきち》である。猫足《ねこあし》の佐吉と呼ばれる男で、歳は四十五、六。丸顔で、いつも眠っているような細い目をしていた。尾行や屋敷内への侵入などの際、ほとんど足音をたてないことから猫足の異名がついたのである。

佐吉はおたまの草履を手にして近寄って来ると、

「旦那、いい歳をして、なにやってるんです」

といってしゃがみ、おたまに草履を履かせてやった。そして、表通りに風車売りが来てたから買いな、といって、おたまに小銭をにぎらせてやった。

おたまは、コクリとうなずき、パタパタと路地木戸の方へ駆けていった。

「仕事か」

宗二郎が小声で訊いた。

「へい」

佐吉は、深川門前仲町で鳴海屋《なるみや》という始末屋をやっている彦根《ひこね》の文蔵《ぶんぞう》のつなぎ役だった。始末屋は、岡場所や料理茶屋などで金の払えなくなった客を引き受け、持ち物や衣服などを取り上げて清算したり、金が足りなければつけ馬として家まで同行し、金を取り立てることなどを生業《なりわい》としていた。

ただ、鳴海屋は通常の始末屋とはちがっていた。歓楽街の客商売にありがちな客との揉め事、売女や雇い人の不始末、同業者との確執などを『万揉め事始末料《よろずもめごとしまつりよう》』、『御守料《おまもりりよう》』などと称し、月々二分の口銭を徴収して始末をつけていたのである。

鳴海屋は、月々の口銭と引き換えに無頼の徒の強請《ゆすり》、たかり、盗人、同業者の嫌がらせなどから店者《たなもの》の身と商いを守っていたのだ。いわば、現代の警備保障会社のようなものである。

ただ、揉め事や犯罪から店者を守るといっても、仲裁や警備だけではどうにもならないことがある。ときには、命を懸けて脅しにかかる食いつめ牢人と渡り合ったり、名のある夜盗から店を守らねばならないときもある。そんなとき、始末料を別途にもらい、腕に覚えのある始末人たちが動くのである。

宗二郎はその始末人のひとりだった。渋沢念流《しぶさわねんりゆう》の遣い手で、表むきは北本所番場町で父、剛右衛門《ごうえもん》がひらいている蓮見道場で代稽古をして口を糊していることになっていた。

「それで、相手は」

このところ始末の仕事がなく、宗二郎のふところはさびしかった。

「それは、元締《もとじめ》から」

佐吉は抑揚のない声でいった。元締は、鳴海屋文蔵である。

「鳴海屋へ行く前に、腹ごしらえをしたいが」

昨夜、ゑびす屋のおさきが、帰りがけに持たせてくれたにぎり飯があるはずだった。あれを食ってから、と思ったのだ。

「朝餉は、まだなんで」

佐吉が呆れたような顔をした。

「なに、すぐだ。にぎり飯が用意してある」

そういって、宗二郎は長屋の方へ歩きだした。

「こまったもんですな、独り者は……。どうせ、また、ゑびす屋で女の尻でもなでながら飲んだくれてたんでしょう」

佐吉は、ぶつぶつ独り言をいいながら跟《つ》いてきた。

3

門前仲町は賑わっていた。富岡八幡宮の門前から一ノ鳥居にかけて料理屋、水茶屋などが軒を並べ、参詣人や岡場所目当ての遊客などが行き交っていた。物売りが呼び声を上げ、赤い前垂れをかけた水茶屋の女が若い男を呼びとめたりしている。

この時代（天明二年、一七八二）、十代将軍家治のころで、田沼意次が幕府の実権をにぎっていた。このころ公許の遊里である吉原以外の売春は禁止されていたが、深川は江戸の中心から遠いことと八幡宮繁栄のために取締りが厳しくなかったこともあって、門前を中心に岡場所が栄えていた。そのため参詣客にくわえ売女を求めてくる遊客も多く、門前仲町は大変なにぎわいを見せていたのである。

甚助店を出た宗二郎と佐吉は、八幡宮の門前を通り過ぎてから右手にまがった。掘割沿いにしばらく歩くと、鳴海屋が見えてきた。始末屋といっても、表向きは小料理屋である。まだ、暖簾《のれん》は出ていなかったが、格子戸の前に打ち水がしてあった。

格子戸をあけると、住み込みの彦七《ひこしち》が顔を出した。彦七は二十三歳、鳴海屋と契約している店をまわって口銭を集めるまわり役だった。

「小糸《こいと》は、どうした」

宗二郎が訊いた。

小糸は文蔵のひとり娘で宗二郎が鳴海屋に来ると、すぐに顔を出すのだが、今日は姿を見せない。

「女将さんと市村座でさァ」

彦七が口元に笑いを浮かべていった。

市村座というのは、日本橋葺屋《ふきや》町にある芝居小屋である。小糸と文蔵の女房のお峰は芝居好きで、母娘《おやこ》でよく芝居見物に出かけるのである。

「元締は」

「二階でお待ちで」

「そうか。上がらせてもらうよ」

宗二郎と佐吉は、そのまま二階へ上がった。

文蔵は長火鉢の前に座り、猫板《ねこいた》の上に片肘をついて煙管《キセル》で莨《たばこ》を吸っていた。ふたりの姿を見かけると、血色のいい丸顔に笑みを浮かべ、

「さア、入《へえ》ってくんな」

といって、機嫌よくふたりを迎えた。

文蔵は還暦にちかい老齢で、丸顔の上に白い髷《まげ》がちょこんとのっている。好々爺《こうこうや》のような柔和な顔で、とても始末屋の元締には見えない。

「いい陽気になりましたなア。こうやって座ってると、眠くなっていけませんよ」

文蔵はすこし背筋を伸ばし、莨盆《たばこぼん》の角でコツコツと雁首《がんくび》をたたいた。

「文蔵どの、仕事だそうだな」

宗二郎が切りだした。

「はい、面倒な一件でしてな。まわり役の者では始末がつきませんでね。ここは、何としても宗二郎さんにお願いしたいと思いましたもので」

文蔵は愛想笑いを浮かべたままいった。

酔客とのいざこざや嫌がらせ程度のことは、まわり役の者が片付けることになっていた。

「どこだ」

「若松さんですよ」

「黒江町のか」

「はい」

「すると、奉公人が殺され、金が奪われていた件か」

宗二郎は、長屋で女房たちの噂を聞いていた。それによると、三日前、若松の与平《よへい》という奉公人が、贔屓《ひいき》にしている客の屋敷から掛金をもらって帰る途中、何者かに襲われ金を奪われたというのだ。

「まァ、くわしいことは、若松さんで訊いてもらった方がいいでしょうな」

「だが、あれは町方が探っているだろう」

奉公人が殺され金が奪われたとなれば、町方が探索しているはずだった。揉め事の始末という類の事件ではない。宗二郎は始末人の出番があるとは思えなかったのだ。

「それだけではないようでしたね。主人の清右衛門さんによると、若松に恨みを持っている者がいて、店の者を狙っているようだと、おっしゃるんですよ」

そういうと、文蔵はおもむろに煙管に莨をつめ、火鉢のなかの熾火《おきび》に雁首《がんくび》を伸ばして火をつけた。

「ほう、恨みをな。で、相手は」

「それが、まったく思い当たることはないそうでして」

文蔵は莨を吸い付け、うまそうに煙を吐いた。大気の揺れで白煙が乱れ、吸い込まれるように天井へ上がっていく。

「相手が分からぬとなると、面倒だな」

「まァ、そうでしょうな。清右衛門さんは、なんとか相手をみつけて、きっちり始末をつけて欲しいそうでしてね。始末料の方は、奮発していただきましたよ」

そういって、文蔵は糸のように目を細めた。

「それで、値組《ねぐ》みは」

依頼人と会って始末料を決めるのも、元締である文蔵の役割だった。

「五十両」

「うむ……」

悪くない仕事だった。ちかごろ、五十両もの仕事はなかなか入ってこない。

「ところで、若松では縁切《えんき》り料《りょう》をいくらまで出す気でいる」

宗二郎が訊いた。

若松に恨みをいだいている者が分かり、手を引かせるのが始末人の仕事だが、ただというわけにはいかない。通常、縁切り料として、依頼人から相応の金を出してもらい、それで決着をつけるのだ。もっとも、金で始末がつかないことも多い。そうしたときは、相手の犯した罪や恨みの程度によって、町方に引き渡したり、場合によってはひそかに命を奪うようなこともある。

「清右衛門さんは、相手が分かり、何を恨んでいるのか分からないうちは、縁切り料を出せないとおっしゃるんですよ。……それで、縁切り料の方は相手が分かってからということになってましてな」

「もっともだ」

逆恨みということだってある。それに、若松にすれば奉公人が殺されて金を奪われているのである。縁切り料を出すどころか、奪われた金を取り戻したいぐらいだろう。

「ともかく、早く相手をつかむことですな」

「そうだな。ところで、他の始末人たちは」

このところ、宗二郎は鳴海屋に顔を出していなかったので、他の始末人たちの動向が気になったのだ。

「伊平《いへい》さんは、佐賀町の山岸屋《やまぎしや》の件に当たってますよ。いまのところ、他の方に始末のお願いはしていませんが」

鳴海屋には、宗二郎の他に四人の始末人がいた。泥鰌屋《どじようや》の伊平、臼井《うすい》勘平衛《かんべえ》、鵺野《ぬえの》ノ銀《ぎん》次《じ》、それに半年ほど前新しく仲間にくわわった矢師《やし》の佐平次《さへいじ》である。臼井は有馬一刀流の遣い手で、他の男たちも特殊な武器を巧みに遣う。その四人のなかで、いま始末の仕事にかかっているのは、伊平だけだという。

山岸屋は、深川佐賀町にある材木問屋だった。その主人の徳五郎《とくごろう》が、ひと月半ほど前事故で死んだことは噂に聞いていたが、それ以上のことは知らなかった。何か揉め事があって、始末を頼みにきたのであろう。

「それで、ヒキは、いつものように佐吉さんでよろしいですかな」

文蔵が訊いた。

ヒキとは、手引き役のことである。通常、始末人はひとりで動くことはない。依頼人や相手のことを調べたり、居所をつきとめたりする岡っ引きのような仕事をする手引き役と組んで仕事をするのだ。

佐吉は、鳴海屋のなかでも腕のいいヒキのひとりだった。宗二郎と組むことが多く、お互い気心も知っていた。それに、文蔵が佐吉を長屋によこしたのも、宗二郎と組ませたい肚《はら》があったからであろう。

「そう願いたいが」

宗二郎が佐吉の方に目をむけると、佐吉は、お願えしやす、といって、首をすくめるように頭を下げた。

「それでは、半金の二十五両を……」

文蔵はふところから袱紗《ふくさ》包みを取り出し、猫板の上でひろげた。そして、十二両と二分ずつおふたりに、と言いながら立ち上がり、ふたりの膝先に金を置いた。

始末人とヒキは、仕事にかかる前、始末料の半金をもらうことになっていた。さらにその半金をふたりで等分にするので、手にするのはひとり十二両二分ということになる。残りの半金は、始末が終わったときにもらうのである。

「まず、清右衛門からくわしい話を聞かねばなるまいな」

そういって、宗二郎が金をふところにねじこんだとき、長火鉢のむこうに座り直した文蔵が、

「宗二郎さん、気をつけてくださいよ」

と、小声でいった。顔の微笑が消え、宗二郎を見つめた目に刺すようなひかりが宿っている。始末屋の元締らしい凄味のある顔だった。

「今度の件は、一筋縄ではいかないかもしれませんよ」

4

若松は江戸でも名の知れた料理茶屋である。

二階建ての店で、玄関脇に松や梅などの庭木が植えられ、石灯籠《いしどうろう》や籬《まがき》などもあった。華やかさのなかにも、老舗らしい落ち着きがある。

七ツ（午後四時）前だったが、すでに客がいるらしく、店内から三味線の音や女の嬌声などが聞こえてきた。

宗二郎は佐吉を連れ、鳴海屋を出た足で若松へ来たのだ。玄関に入り、応対に出た女中に鳴海屋から来たことを告げると、すぐに二階の奥まった座敷へ通された。六畳の狭い座敷だが、床の間もあり、障子のむこうには坪庭《つぼにわ》も見えた。小人数の馴染みの客だけをとおす座敷のようである。

いっとき待つと、黒羽織に角帯姿の恰幅《かっぷく》のいい男が女中をひとり連れて入ってきた。主人の清右衛門らしい。四十代後半だろうか、赤ら顔で大きな鼻、ギョロリとした目をしている。いかつい顔付きだが、濃い髯《かげ》がおおっていた。

連れてきたのはさっきの女中だった。運んできた茶を三人の膝先へ置くと、すぐに座敷から出ていった。

「若松のあるじでございます」

　そういって、低頭した。

「蓮見宗二郎、こっちにいるのは佐吉だ」

　宗二郎がそういうと、脇に座した佐吉がちいさく頭を下げた。

「蓮見さまのことは、鳴海屋さんから聞いております。若松にふりかかってきた厄難を振りはらっていただきたいと存じます」

　清右衛門は重苦しい声でいった。

「ともかく、事情を聞かせていただこうか」

「はい、実は三日前、奉公人の与平が何者かに殺され掛金を奪われました」

　清右衛門によると、その夜、深川伊勢崎町の米問屋の主人、木兵衛《もくべえ》が何人かの得意先を連れて若松に来たという。酔って大盤振る舞いしたせいか、持ち合わせが足りなくなり、自分から店に取りにくるようういいだした。

「木兵衛さんは、お得意さまなもので。お宅までお送りするつもりで、与平に提灯を持たせて伊勢崎町へやったのでございます。その帰りに仙台堀沿いの道で、バッサリと。……奪われた金は、木兵衛さんにいただいた七両でございます」

　そういって、清右衛門は顔をゆがめた。

「刀で斬られたようだが、町方は」

当然、町方の検屍がおこなわれ、下手人の探索も進められているはずだった。

「はい、山本町の親分が見え、辻斬りではないかと……」

親分というのは、山本町に住む達吉《たつきち》という岡っ引きである。始末人は仕事がら町方と接触する機会があり、宗二郎も達吉のことは知っていた。腕のいい岡っ引きだが、調べも袖の下で動くことが多く、あまり信頼できない。

「他にも、何かあったと聞いているのだがな」

清右衛門が始末を頼みにきたのは、店に恨みを持っている者がいるからだと文蔵に聞いていた。

「はい、実は女房のお吉のことがございまして……。ちょっとお待ちを、直接お吉から聞いていただいた方がよろしいでしょう」

そういうと、清右衛門は立ち上がり、座敷から出ていった。

待つまでもなく、すぐに廊下を歩く足音がし、清右衛門が女をひとり連れて入ってきた。

霰小紋《あられこもん》の着物に唐草《からくさ》模様の帯、裾から赤い蹴出《けだ》しがのぞいている。

……粋な女だ。それに若い。

大年増だが、壮年の清右衛門には若い女房である。それに、料理茶屋の女将とはいえ、すこし派手すぎる感じがした。

「お吉ともうします」

お吉は、指先を畳について低頭した。芸者でもしていたような雰囲気がある。あるいは、若松の女将におさまる前は芸者だったのかもしれない。

「まだ、お吉といっしょになって、三年でございまして……」

清右衛門は顔を赤くして、前の女房がはやり病で死んだ後、お吉を後妻にもらったことを話した。

「それで、女将さん、何があったんです」

宗二郎が先をうながした。ふたりの馴れ初めを聞くつもりはなかったのだ。

「はい、十日ほど前、洲崎の弁天さまにお参りにいった帰りに、汐見橋のそばで」

そういって、お吉はその日の出来事を話した。

「匕首で襲ってきたのか」

「幸い、着物を裂かれただけでした。……でも、怖くて、あれ以来、お参りにもいけないんです」

お吉は、蒼ざめた顔でいった。

「その男が、若松の者を皆殺しにするといったのだな」

「助けてくれた船政の房造さんも聞いてますので、まちがいありません」

「船政の船頭だな」

宗二郎は、熊井町に船政という船宿があるのを知っていた。

「はい」

「それで、襲った男に見覚えは」

「それが、まったくないんです」

お吉は、不安そうな表情で顔を横に振った。

「蓮見さま、その後、与平が殺されて金を奪われたのです。その男がいったとおり、うちに恨みをいだいている者が店の者を狙っているのではないかと……」

清右衛門が怯えたような顔でいい添えた。

「うむ……」

事情は分かった。清右衛門がいうとおり、若松の者にとっては恐ろしいことだろう。大金を出しても、始末を頼みたい気持は分かる。

「強い恨みのようだが、何か心当たりはないのか」

宗二郎が念を押すように訊いた。

「こうした店をやっておりますと、客との多少の諍《いさか》いはございます。ですが、店の者を皆殺しにするというような揉め事はありません」

小声だが、断定するようなひびきがあった。

「武士との揉め事は」

与平は刀で斬られていたという。となれば、手をかけたのは武士とみていい。

「お武家さまは滅多に見えませんし、まったく覚えはないのですが」

清右衛門は戸惑うような表情を見せた。

「うむ……」

与平が、辻斬りではなく恨みから殺されたとなると、相手はひとりではない。すくなくともふたり、お吉を襲った遊び人ふうの男と武士である。

「蓮見さま、どうか、若松と店の者をお守りください」

お吉が哀願するような口調でいった。

「分かった。だが、相手が分からないうちは手の打ちようもない。女将さんは、しばらくひとりで出歩かない方がいいだろう。それに、店の者も夜歩きはしないようにするんだな」

宗二郎は、念のために鳴海屋の者を店に張り付けておくことを約束して腰を上げた。文蔵に頼んで、彦七に若松を見張らせておくつもりだった。

「旦那、どうしやす」

若松を出るとすぐ、佐吉が訊いた。

店の前の表通りは夕闇につつまれていたが、賑わっていた。料理茶屋や水茶屋などに灯《ひ》が入り、華やいだ雰囲気につつまれている。行き交う人々にも活気があった。富岡八幡宮の門前からつづく通りで、門前仲町に似た夜の街であった。

「腹が減ったな」

「あっしも」

「お吉が襲われたのは、汐見橋のちかくといってたな」

「へい、あそこにはゑびす屋がありやす。ついでに、おささんから、話を訊いてみるのも手ですな」

佐吉が、宗二郎を見てニヤリと笑った。

そういえば、ゑびす屋が賑わい始めるころである。宗二郎の脳裏を、おさきのむっちりした尻がよぎった。

「よし、いくぞ」

5

「達吉の店は、これか」

宗二郎は、そば屋の戸口の看板に藪吉《やぶよし》とあるのを見て足をとめた。

若松に出かけた翌日、宗二郎は岡っ引きの達吉が女房に藪吉というそば屋をやらせていると聞いて、山本町まで足を運んできたのである。

宗二郎は、与平が刀で斬られたことが気になっていた。はたして、与平は若松に恨みを持つ者に斬られたのか、それとも、夜道を歩いていて、偶然辻斬りに出合っただけなのか、まず、それをはっきりさせたかった。

宗二郎は、検屍に立ち会った者に訊けば様子が知れるだろうと思い、達吉に会いにきたのだ。

暖簾《のれん》をくぐると、すぐ前に間仕切《まじき》りを置いた座敷があり、四、五人の客がそばを食っていた。

「いらっしゃい」

襷《たすき》がけに前垂れ姿の色白の年増が、調理場の方から出てきた。若いが、達吉の女房のようである。

「達吉はいるかな。鳴海屋の者だといってもらえば分かると思うが」

そういって、宗二郎は座敷の隅に腰をおろした。

宗二郎は達吉と面識があったし、鳴海屋から付け届けもしているので邪険にはしないはずだった。

女は訝しそうな顔で宗二郎を見たが、すぐにきびすを返して調理場の方へもどった。いっときすると、前垂れで濡れた手を拭きながら達吉が出てきた。調理場で手伝っていたようである。

「蓮見の旦那で」

達吉は口元に愛想笑いを浮かべたが、目は笑っていなかった。心底を探るようなひかりがある。

「まず、そばと酒を頼む」

八ツ半（午後三時）ごろになるが、昼食をぬいていたので腹が減っていた。

「うちのそばは、なかなかの味ですぜ」

そういうと、達吉はいったん調理場へもどり、宗二郎の注文を伝えてからもどってきた。

「旦那は、そばを食いにきたわけじゃァねえんでしょう」

達吉の方から訊いてきた。

「若松の与平のことでな。おまえも、検屍に立ち合ったんだろう」

「まァ……」

達吉は言葉を濁した。宗二郎の目的がはっきりしないうちは、迂闊《うかつ》にしゃべれないのだろう。

「なに、若松の清右衛門が怖がってな、鳴海屋に始末を頼んできたのだ。それで、念のために、様子を訊こうと思ってきたわけだ。むろん、町方の邪魔をするつもりはない」

始末人の仕事は、揉め事をおさめ店者の安全を守ることにある。下手人の捕縛や事件の探索は、できるだけ町方にまかせるようにしていたし、町方の顔をつぶさないよう気を配ってもいた。そのため、町方と始末屋が対立するようなことはなかった。

「検屍にあたったのは、木部《きべ》の旦那で。……旦那は、辻斬りじゃァねえかといってやしたが」

木部寅之助《とらのすけ》は、北町奉行所の定廻り同心だった。面識はなかったが、宗二郎も顔と名は知っていた。

「刀傷だそうだな」

「へい、あっしも見やしたが、左肩から脇腹にかけて、バッサリと一太刀に」

「うむ……」

相手が町人だとはいえ袈裟《けさ》に一太刀で仕留めたとなると、かなりの遣い手とみていい。まちがいなく武士だろう。

「奪われていたのは、金だけか」

「七両。倉田屋《くらたや》の木兵衛にもあたってみたが、まちげえねえようで」

倉田屋というのは、与平が金をもらいにいった米問屋である。

そのとき、さっきの女がそばと酒を運んできて、宗二郎の膝先に置いた。

「女房の、おまちで」

達吉は照れたような顔をしていった。

「拙者、蓮見宗二郎ともうす者でな。日頃、達吉には世話になっておるのだ」

宗二郎は、ちかくを通りかかったので、挨拶に寄った、といい添えた。

「そうでございますか。どうぞ、おひとつ」

おまちは愛想笑いを浮かべて宗二郎の猪口に酒をついでから、調理場へもどっていった。

宗二郎は、そばを食い、酒を飲みながら、与平や若松のことなどを訊いてみたが、これといった収穫はなかった。

木部が辻斬りとみているせいもあってか、達吉も下手人の探索に本腰を入れていないようだった。日中からそば屋を手伝っていたのも、そのあらわれだろう。

藪吉を出ると、陽が西にまわっていた。夕陽が掘割の水面を茜《あかね》色に染め、家並の影が通りをおおっている。掘割の水面を渡ってきた風に、木の香りがあった。この辺りは木場にちかく、貯木場や材木置き場が多い。ちかくに製材場でもあるのか、大鋸《おが》を挽く音や手斧《ちような》を使う音が聞こえてきた。静かな雀色時《すずめいろどき》である。

……やはり、清右衛門の杞憂《きゆう》か。

与平が辻斬りに遭ったのは、偶然のような気がした。宗二郎の胸の内で、与平とお吉の件はつながらなかったのである。

そのころ、佐吉は深川熊井町の大川端を歩いていた。佐吉はお吉を襲った遊び人ふうの男の正体をつきとめようとしていたのである。

佐吉は、まず船政の房造に会い、襲った男のことを訊いてみようと思って熊井町まで足を運んできたのだ。

佐吉は船政の前の桟橋にいた房造に袖の下を使い、襲った男のことを訊くと、

「見たことのねえ野郎で、あっしには分からねえ」

と、首をひねりながら答えた。

「そいつが手にしてたのは、匕首かい」

「へい、ふところに呑んでいやがったんで」

房造は、そのときの様子を話した。

「素人じゃァねえようだな」

佐吉は男の身装《みなり》や匕首の遣い方などから、博奕打ちか遊び人であろうと推測した。

「その男、何かいってなかったのか」

「いってやした。若松のやつら、いつか、皆殺しにしてやる、と」

「…………」

佐吉は、若松で清右衛門から聞いていたので驚かなかった。どうやら、お吉を襲った男は若松に恨みをもっているようだ。それも、皆殺しにしたいと思うほどの強い恨みである。

清右衛門の方は、とくに恨まれるような心当たりはないといっていたが……。となると、恨まれているのは、お吉かもしれねえ、と佐吉は思った。

「ところで、お吉は若松の女将になる前だが、どこにいたか知らねえか」

佐吉は、お吉を洗ってみようと思った。

「さァ、芸者と聞いた覚えはありやすが……」

房造は首をひねった。

それから、房造にお吉のことや若松のことをいろいろ訊いてみたが、役にたつようなことは聞けなかった。

「手間をとらせて悪かったな」

佐吉は、房造に礼をいって別れた。

そのままの足で、佐吉は大川沿いにある芸者を呼びそうな船宿をめぐって、お吉のことを訊いてみた。

すると、三丸屋《みまるや》という船宿の主人が、

「お吉さんは吉丸という名で、清滝《きよたき》の売れっ子だったそうですよ」

と、教えてくれた。清滝とは、深川黒江町にある芸者の置屋《おきや》である。

「そうか」

お吉は深川芸者だったらしい。粋で、いなせな感じがするのは、そのせいであろう。

清滝にあたれば、お吉の素性が知れそうである。あるいは、お吉にたいする恨みが、他の若松の者にもむけられているのかもしれない。

……あの女を洗えば、なにか出てくるぜ。

佐吉は夕闇につつまれた大川端を歩きながら、お吉のうりざね顔を思い浮かべた。

6

泥鰌屋の伊平は、水桶《みずおけ》を天秤《てんびん》でかつぎ仙台堀沿いの道を歩いていた。水桶のなかには、泥鰌と鰻が入っている。伊平は始末の仕事がないときは、深川の路地をまわって泥鰌や鰻を売り歩いたり、人通りの多い路傍で炭を熾《お》こし蒲焼《かばやき》にして売ったりもしていた。

だが、今日は泥鰌と鰻を売るのが目的ではなく、始末人として動いていた。商売道具の水桶をかついできたのは、始末を依頼された材木問屋の山岸屋を路傍から見張るためである。

仙台堀沿いの道から大川端の道へ出た。そこが佐賀町で、山岸屋は大川沿いの道を下流へ数町歩いたところにある。

すでに、伊平はヒキの孫八《まごはち》を連れて山岸屋に出向き、事情を訊いていた。ふたりに事情を話したのは、亡くなった徳五郎の女房のお静《しず》と倅の又次郎《またじろう》だった。お静は四十がらみのでっぷり太った女で、又次郎は、青白い顔をした十七の若者だった。

「あ、あたしにはね、どうしても、うちの人が足をすべらせて落ちたとは思えないんだよ」

お静は、声を震わせて訴えた。

徳五郎は、柳橋の料理屋、浜鶴《はまつる》であった材木問屋の仲間の酒席の帰り、大川の岸辺で頭から血を流して死んでいた。検屍にあたった町方は、酔っていた徳五郎が大川端から足をすべらせて落ち、土手にあった石に頭を打ちつけて死んだと判断した。

その夜、徳五郎が酒を飲んでいたこと、土手に血のついた大きな石が転がっていたこと、他に擦りむいた傷ぐらいしかなかったこと、ふところの財布がそのまま残っていたことなどから町方は事故死と断定したようなのだ。

「どうしてだね」

伊平が訊いた。

「うちの人は、下戸でね、酒は舐《な》めるほどしか飲まないんだよ。それに、足をすべらせて落ちるようなところじゃァないんだ」

お静は、徳五郎の死んでいた大川端へいって、自分の目でたしかめたという。道端に柳並木があるので、岸辺に寄れば夜でも分かるというのだ。

「あたしはね、だれかに突き落とされたんじゃァないかと思うんだよ。……うちの店に恨みをもっている者か、店をつぶそうとする者がいるんだ」

お静は、しゃべっているうちに興奮してきたのか、憎悪をあらわにした。大きな目が充血し、顎のあたりの弛《ゆる》んだ肉が波打つように震えている。倅の又次郎は、お静の脇で身を縮めるようにして押し黙っていた。

「心当たりが、あるのかい」

伊平は、おだやかな声で訊いた。お静の気を鎮めようとしたのである。

「うちの人が死ぬ前に、二度も小火があったんだ。それもまったく火の気がないところからだよ。付け火に決まってるよ」

お静によると、半年ほど前、店のちかくの材木置き場から出火し、さらに、それから三ヵ月ほど後、店舗の裏の納屋が燃えたという。いずれも、店の雇い人が気付き小火で消しとめたとのことだ。

「山岸屋を燃やそうとしたんだ。……それが、二度しくじったので、今度は主人を襲ったにちがいないよ」

お静がそういって、脇に座っていた又次郎に目をやった。

「わたしも、そう思います」

又次郎が、か細い声でいった。ひどく軟弱そうな男で、若者というより少年といった感じがした。

……先が思いやられるな。

ちかいうちに、又次郎が山岸屋を継ぐことになるのだろうが、前途多難のようである。山岸屋は、深川でも名の知れた材木問屋の大店である。奉公人も多いし、船頭や木挽職人のなかには気の荒い連中もいる。

はたして、又次郎のようなひ弱な若者に山岸屋を切り盛りしていけるだろうか。その不安から、お静もより感情的になっているにちがいない。

「ともかく、これ以上災難に遭わねえよう、山岸屋さんを守りやすよ」

伊平がいった。

すでに、始末料の前金として十五両文蔵から渡され、孫八と二分してふところに入れていた。

「あっしらは、徳五郎さんを手にかけたやつを探しやすが、何かあったらすぐに鳴海屋に知らせてくだせえ」

そういい置いて、伊平と孫八は山岸屋を出た。

通りを歩きながら、伊平は孫八に近所をまわって山岸屋や殺された徳五郎のことなどを聞き込むよう頼んだ。孫八はとぎ屋で、路地や長屋などをまわって鋏《はさみ》や包丁などをとぎながら女房連中から聞き込むのを得意としていたのだ。

一方、伊平はしばらく山岸屋を見張り、商いの様子や奉公人の顔などを覚えるとともに怪しい者が近付いたら尾けてみようと思っていた。お静のいうことが事実なら、まず山岸屋に恨みをいだく者をつかまねばならなかったのだ。

山岸屋は、佐賀町の大川端にあった。佐賀町は大川の河口ちかくの町で、ちかくに永代橋が見え、さらに下流には江戸湊の海原がひろがっている。

山岸屋は土蔵造りの店舗のほかに、材木をしまう倉庫と船頭や職人の寝泊まりしている長屋があった。敷地の裏手は大川になっていて、専用の桟橋があり、猪牙《ちょき》舟が数艘舫《もや》ってある。

通りは賑やかというほどではないが、ぽつぽつと人影があった。伊平は路傍に泥鰌と鰻の入った水桶を置き、そばにしゃがみ込んだ。斜前《はすまえ》に、山岸屋の店先が見える。伊平は、そこから山岸屋を見張ろうと思ったのである。

伊平は手甲脚半《てっこうきゃはん》に黒の腹掛《はらがけ》、菅笠《すげがさ》をかぶっていた。泥鰌屋として町筋をまわるときの格好である。

菅笠と手甲のなかには、数本の泥鰌針《どじょうばり》が隠してあった。泥鰌針は、まな板の上で泥鰌や鰻をさばくときに使う五寸ほどの針である。魚の頭を針で固定し、包丁で裂くのだ。伊平はこの泥鰌針を武器にしていた。相手の背後から忍び寄り、ぼんのくぼや首筋を刺すのである。

ときどき、立ちどまって水桶のなかを覗く者がいたが、泥鰌や鰻を買う者はいなかった。伊平はそれでよかった。通行人に不審をいだかせずに、山岸屋を見張るのが目的だった。

山岸屋はふだんと変わりなく商売しているようだった。材木問屋らしく、奉公人に混じって船頭や川並《かわなみ》などが頻繁に出入りしている。ただ、材木問屋の大店にしては、活気がないように感じられた。店先に顔を出す奉公人の動きに覇気がなかったし、材木を運ぶ川並や人足から威勢のいい声も聞こえなかったのである。

……まだ、旦那が死んだばかりだからな。

まだ、徳五郎が死んで四十九日の法要もすんでないはずだった。店に活気がないのも当然かもしれない。

それから三日間、伊平は山岸屋を見張ったが、とくに変わった様子はなかったし怪しい者も見かけなかった。

また、徳五郎が死んでいたという大川端にも行ってみた。佐賀町からちかい清住町で、お静のいうとおり、切り立った岸ではなく、酔ってでもいなければ足をすべらせて落ちるような場所ではなかった。ただ、だれかに突き落とされたというのも腑に落ちなかった。川岸沿いの柳並木が枝葉を茂らせているので、岸辺ちかくを歩くことはないだろうと思われたのだ。

……小便でもしようと、川岸へ近寄ったのかもしれねえ。

伊平は、そう思った。

7

本所北本町、大川端をひとりの男が歩いていた。すでに還暦にちかい老齢で、白髪の総髪に白髯《はくぜん》、軽衫《カルサン》に袖無《そでな》しという身装《みなり》である。中背ですこし背を丸め、さわやかな川風のなかを飄々と歩いている。

面長で頤《おとがい》がやけに大きい。へちまのような顔である。隠居した軽格の武士であろうか、腰に脇差だけを帯びていた。

右手には大川の滔々《とうとう》とした流れがひろがり、左手は町家や長屋などがまばらに建っていた。ふだんは寂しい通りで、あまり通行人は見かけないのだが、陽気がいいせいもあってか、遠近《おちこち》に人影が見えた。

老人は、大川の川面に目をやりながら歩いていた。初夏の陽射しを反射《はね》た川面がキラキラとひかっている。黄金《こがね》色に染まった川面を猪牙舟や屋根船などが、ゆったりと行き来していた。対岸の浅草の家並や浅草御蔵の土蔵などが、ひかりのなかに霞み、揺れているように見えた。

前方から三人の男がやってきた。いずれも尻っ端折りし草履履きで、遊び人か地まわりといった感じの男たちである。何を話しているのか、ときどき、囃立《はやした》てるような声と下卑た笑い声が聞こえてきた。

老人と男たちの距離はしだいにつまってきた。老人はすこし川岸ちかくに寄ったが、三人の男たちは老人など気にもかけないらしく、道にひろがったまま大声でしゃべりながらやってくる。

老人も歩調を変えず、そのまま行き違おうとした。そのとき、老人のそばを歩いていた赤ら顔の若い男の肩が老人と触れた。

「どこに、目をつけてやがる!」

ふいに怒声を上げ、若い声が振り返った。

だが、老人は何事もなかったようにスタスタと歩いていく。

「爺々《じじ》い、待ちな」

若い男が駆け出し、老人の前へまわり込んだ。他のふたりも引き返し、老人を取り囲むように立った。

「わしかな」

老人は目を細め、涼しげな顔で訊いた。

「そうだ、おめえだ。やい、人にぶち当たっておいて、黙って通り過ぎるこたァねえだろう」

若い男は睨みつけるようにしていった。他のふたりの口元に嘲笑が浮き、目には獲物を見つけた獣のような酷薄なひかりがあった。

「それは、とんだことをした。……わしが悪かった。これでいいかな」

顔色も変えずそういうと、老人はそのまま歩き出そうとした。

「ま、待て、爺々い！」

若い男の顔が憤怒で赤くなった。老人の涼しげな態度に、馬鹿にされたと思ったのかもしれない。

「まだ、何か用かな」

「おれは肩を痛めた。このままじゃァ勘弁できねえ」

若い男が、恫喝するように声を荒立てた。

「やわな体じゃのう」

「な、なんだと、爺々い。有り金を出せ。そうすりゃァ見逃してやる」

若い男が肩口まで袖をたくし上げて老人に迫ると、右手にいた大柄な男が、爺さん、怪我をしたくなかったら、財布を出しな、と凄味のある声でいった。

「肩を当てたのは、因縁をつけて金を脅し取る算段からか。……じゃが、相手が悪かったな。わしは、金など持っておらぬでなァ」

老人は顔色も変えずに、御免なさいよ、と言い置き、歩き出そうとした。

「やろう！」

若い男が脇から、老人につかみかかろうとした。

瞬間、スッと老人の体が沈み、かすかな抜刀の音とともに腰元から閃光が疾《はし》った。次の瞬間、ギャッ、という悲鳴を上げて、若い男がのけ反った。

男の右の二の腕に赤い線がはしり、血がほとばしり出た。

男の顔がこわばり、紙のように白くなった。

「や、殺《や》っちまえ！」

大柄な男が、ふところから匕首を抜いた。もうひとり、短軀の男も匕首を取りだした。ふたりは腰を引いて匕首を前に突きだすように構えた。目が血走っている。若い男は斬られた二の腕を押さえて、後じさった。

「やめておけ、怪我をするだけだぞ」

老人はゆらりと立っていた。右手をだらりと垂らし、脇差を構えてもいない。どこから見ても、頼りなげな老爺《ろうや》である。

「死ね、爺々い！」

吠え声を上げ、大柄な男が匕首を腹のあたりで構えたまま体ごと突き当たろうと、右手から飛び込んできた。

ひょい、と老人の体が脇へ跳ね、一瞬、男の前から老人の姿が消えた。突き出した男の匕首が空を切った瞬間、さらに老人の体が跳ね、白刃が躍った。まるで、剽《ひょう》げてちいさく跳ねているように見えた。老人の体さばきが迅く、軽妙であるためらしい。

次の瞬間、大柄な男の匕首が虚空に飛び、絶叫を上げてつっ立った。深くえぐられた男の腕から骨が覗き、血が流れ出た。

「次は、腕を落とすぞ」

老人が低い声でいった。細い目が、うすくひかっている。脇差の切っ先を落とし、飄然と立っている姿に剣客らしい威風があった。

「に、逃げろ！」

大柄の男が反転し、駆けだした。残ったふたりも、あたふたと後を追った。

ふたりの後ろ姿を見送った老人は、

「口ほどにもないやつらだ」

とつぶやき、ふところから懐紙を出して刀身の血糊をぬぐうと、鞘に納めた。

そのとき、背後から近付いてくる足音がした。粗末な木綿の袷《あわせ》に麻袴《あさばかま》。腰に二刀を帯びていたが、牢人のように見える。鬢も髷も真っ白で、かなり老齢な男のようである。ただ、その体型は異様だった。猪首、厚い胸、どっしりとした腰、太い腕。特殊な武芸で鍛えあげた体のようだ。

男はつかつかと歩み寄り、

「おぬし、根岸夢斎《ねぎしむさい》どのではござらぬか」

そういって、嬉しそうに破顔した。

8

「いかにも根岸だが、そこもとは、室田《むろた》どのか」

根岸は、その体軀と破顔した顔を見て思い出した。若いころから親交のあった柔術家の室田恭八郎《きょうはちろう》だった。

根岸は御家人の冷や飯食いに生まれ、子供のころから剣で身をたてようと、屋敷ちかくの小野派《おのは》一刀流の竹内《たけうち》道場に通っていた。その道場と半町ほど離れたところに、関口《せきぐち》流の矢貝《やがい》道場があり、室田はそこに通っていたのである。

関口流の流祖は関口柔心《じゅうしん》で、拳法を組み込んだ柔術を中心とする総合武術を教授した。柔心が紀伊家につかえていたため関口流は紀伊藩にひろまっていたが、矢貝道場は紀伊で学んだ矢貝織部《おりべ》が江戸でひらいた道場である。

根岸は竹内道場からの行き帰りに室田と顔を合わせるうち、同年齢ということもあって話をするようになった。

その後、根岸が他道場の門弟数人にからまれているとき、室田が助勢し、ふたりで数人の門弟を撃退してから急に親しくなった。

それから十数年親交がつづいたが、室田が家を継いで嫁をもらい、根岸も家を出て道場の師範代として住み込むようになったため自然と会う機会もなくなった。それから三十余年、ふたりはばったりと顔を合わせたのだ。

「根岸、おそろしく腕を上げたな」

室田は顔の大きな男で、ギョロリとした牛のような目をしていた。その目をさらに大きく見開き、感心したようにいった。

「いやいや、年寄の冷水じゃよ。わしより、そこもとじゃ、その体を見れば、いかに修行を積んだか、分かるぞ」

　室田のがっしりした体は、柔術を中心とする総合武術の修行で鍛えたものだった。

「なに、もう駄目だ。この老体では、体も動かぬ」

「いやいや、わしの目は節穴ではないぞ」

「若いころが、懐かしいのう」

「道端で立ち話をつづけるわけにもいくまい。どうだ、わしの荒れ道場で、一献」

「それはいい、積もる話もあるのでな」

　室田は、恵比寿のような顔をして笑った。

　一刀流根岸道場は、御竹蔵ちかくの石原町にあった。道場というより道場だったといった方がいい。板庇《いたびさし》は落ち、所々床板は剝げている。板壁の隙間からは風が流れ込み、天井からは雨が漏る。しばらく、稽古も掃除もしてないらしく、道場の隅の方は埃で白くなっていた。

　ふたりは、貧乏徳利と湯飲みを用意し、道場のなかほどに胡座《あぐら》をかいた。人声も物音も聞こえず、道場内は森閑としていた。屋根にいるらしい鴉《からす》の啼《な》き声が、妙にはっきりと聞こえてきた。

「ひどい道場だろう。門人がいなくなって、六、七年は経とうか」

根岸は屈託なくいい、室田の茶碗に酒をついでやった。

「おぬし、なにをして口を糊《のり》しておる」

室田が訊いた。

「出張教授じゃな。今日もその帰りじゃった」

根岸は二十代半ばに師範代をしていた小野派一刀流の道場から独立し、この地にあったつぶれた米屋を安く買い、大工を入れて新しく道場をひらいた。

何年かは、門弟も集まり妻も娶《めと》って順風満帆だった。だが、根岸が剣にのみ没頭したせいか、あるいは子供ができなかったことが災いしたのか、妻が若い門弟に懸想《けそう》し、大川に身を投げて相対死した。

そのときから、根岸の人生は暗転した。独りになった寂しさをまぎらすためもあり、根岸はさらに己の剣に埋没し、門弟への稽古も酷烈をきわめるようになった。そうした荒稽古に耐えられず、門弟がひとり去りふたり去りして、気がつくと荒れ道場に根岸ひとりが残されていた。

「それでな、むかしの門弟の屋敷をまわり、稽古をつけて、わずかな教授料を得て暮らしておる」

根岸は、他人ごとのように淡々と話した。

「いずこも、変わらぬな」

室田のいかつい顔を暗い翳《かげ》がおおった。

「それで、そこもとは」

根岸が湯飲みを手にしたまま訊いた。

「わしも、同じような身の上じゃよ」

室田は自分のことは語らず、茶碗酒を静かにかたむけた。話したくない過去があるのかもしれない。

根岸も、それ以上訊かなかった。この歳になれば、他人の生き様などどうでもよくなる。一日一日平穏に過ぎていけば、それでよいのだ。

「まア、飲め」

根岸は室田につぎ、自分にもついだ。

いっとき、室田は虚空に目をとめたまま飲んでいたが、なア、根岸、といって、顔を上げた。

「おぬし、このまま朽ち果てるつもりか」

室田が思いつめたような顔で、根岸を見つめた。

「だれもが老いて死ぬ。そろそろわしらの番がくるということじゃよ」

「だが、おぬしの腕、このまま朽ちさせるのは、あまりに惜しい」

室田が手にした茶碗を膝先に置いた。コツ、と乾いた音がひびき、その音が屋根にいる鴉を驚かせたのか、飛び立つ羽音が聞こえた。

「………」

「どうだ、その剣、生かしてみぬか」

室田はギョロリとした目を根岸にむけた。うす暗い道場のなかで、その双眸《そうぼう》がにぶくひかっている。柔和さが拭い取ったように消え、酷薄な面貌《おもて》に豹変していた。

根岸は、室田がかぶっていた面を取って素顔を見せたような気がした。陰影の深い顔を異様な翳《かげ》がつつんでいる。血腥《ちなまぐさ》い殺戮《さつりく》の翳である。

「生かすとは」

「斬るのだ……」

室田が低い声でいった。

第二章　三人の手練《てだれ》

1

半分ほどあけた障子から、気持のいい風が流れ込んでくる。ゑびす屋の脇を流れる掘割の水面を渡ってきた風はさわやかで、木場がちかいせいか、木の香りがまじっていた。蓮見宗二郎は、奥座敷の隅にひとり胡座をかき、田楽の大根や里芋、こんにゃくなどを肴にチビチビと飲んでいた。

暮れ六ツ（午後六時）をすこし過ぎたころである。ゑびす屋は、だいぶ混んでいた。常連の船頭、川並《かわなみ》などが大勢、土間の飯台で賑やかに飲んでいる。

奥座敷といっても、飯台を並べた土間のつづきの座敷である。間仕切りの衝立《ついたて》があるだけなので、かれらの話はつつぬけだった。男たちの威勢のいい声や哄笑、箸で瀬戸物をたたく音などが、ひっきりなしに聞こえてくる。

そうした店の喧騒も、宗二郎はまったく気にならなかった。馴染んだ雰囲気だったので、むしろ気持は落ち着いた。

「旦那ァ、ごめんなさいね」

おさきが、銚子と小丼を手にしてやってきた。小丼のなかには、筍《たけのこ》の煮物が入っている。田楽だけでは飽きるだろうと、おさきはときどき簡単な手料理を出してくれるのだ。

「今夜は、たてこんでて、なかなか旦那の相手ができなくて」

おさきは膝先を宗二郎の太腿に寄せて、甘えたような声でいうと、銚子を取って酒をついだ。

おさきは二十代後半、大年増の出戻りだが、まだうぶな娘のような可愛らしさが残っている。色白の肌、切れ長の目、形のいいちいさな唇。そばに寄って甘え声をかけられると、つい手を出したくなるような気にさせられるのだ。

宗二郎は、おさきが三十三間堂のそばで酔った船頭にからまれているのを助けた縁で、ゑびす屋に来るようになってもう何年も経つ。

宗二郎はおさきを好いていたし、おさきも気に入っているようなのだが、ふたりの仲はいっこうに進展しない。それというのも、おさきはいっしょになったら宗二郎にゑびす屋を継いで欲しいらしいが、宗二郎はどうしても刀を捨てる気にはなれないのだ。

「なァ、おさき、おまえも一杯どうだ」

宗二郎は、猪口の酒を飲み干し、おさきに渡した。

「一杯だけ」

おさきは、猪口を差し出した。

宗二郎は銚子でつぎながら、すばやく左手をおさきの尻へまわす。おさきは、くすぐったいじゃァないの、といいながら上体をくねらせたが、離れようとはしなかった。

だが、宗二郎ができるのは、ここまでである。調理場には父親の喜八《きはち》がいる。奥座敷といっても、調理場から首を伸ばせば宗二郎たちの姿は見えるのだ。まさか、父親の目の前で、おさきを抱き寄せるわけにはいかない。おさきも、そのことを承知していて、尻をなでる程度ならいやがらないのだ。

「宗さん、すぐ、もどるからね。帰っちゃいやですよ」

おさきは、猪口の酒を飲み干すと、つい、と腰を上げた。

人前だと、おさきは蓮見さまとか旦那とか、武家に対するような呼び方をするが、ふたりだけになると、宗さんとか宗二郎さんとか馴々しい口をきく。

宗二郎のそばを離れたおさきは、店の客の間をいそがしそうに立ちまわっていた。すぐ、もどる、といったが、おさきが、宗二郎のそばにきたのは、それから半刻（一時間）もしてだった。店の客が半分ほどになり、すこし手がすいたらしい。

「さア、ふたりだけで、ゆっくりやりましょう」

おさきは、宗二郎の脇に腰を下ろし、さっきよりも身を寄せて太腿をくっつけるようにした。ほんのりと朱に染まった白いうなじや首筋が見え、脂粉の匂いがした。なんとも色っぽい。それに、この位置ならば、尻も存分に触れるし、腰へ手を伸ばすこともできる。

「おさき……」

鼻の下をのばして、宗二郎がおさきの腰へ手を伸ばしたときだった。

ヌッ、と衝立のむこうに人影があらわれた。小鼻の張った丸顔、糸のように細い目をしている。佐吉だった。

「あら、佐吉さん。いつもいいところに、くるんだから」

おさきは、スッと宗二郎から身を離した。

「お邪魔でしたかね」

佐吉は首をすくめてそう言ったが、口元には笑いが浮いていた。

「上がってくださいな。いま、膳を持ってきますから」

すぐに、おさきが立ち上がり、調理場の方へむかった。

おさきは酒肴の膳を持ってきて、一杯だけ佐吉に酒をつぐと、ゆっくりやってくださいな、と言い置き、また飯台の客の間をまわりだした。おさきは、佐吉と宗二郎がふたりだけで話したいことがあるのを知っているのだ。

「それで、何か分かったか」

宗二郎が訊いた。佐吉は、探っていた若松のことで、宗二郎に知らせたいことがあるのだろう。

「へい、お吉のことを清滝の若い衆《しゅ》から、いろいろ訊きだしやしてね。まず、旦那の耳に入れておこうと思いやして」

そう前置きして、佐吉が小声で話しだした。

お吉は、清滝の売れっ子芸者だったが、三年前、清右衛門にみそめられて身請けされた。芸者だったころ、お吉に思いを寄せていた男が何人かいたらしい。清滝の奉公人の弥十《やじゅう》、薬種問屋の若旦那の仙太郎《せんたろう》、小間物屋の源作《げんさく》などがとくに執心だったという。

「それに、お吉の馴染みの客として両国で献残屋《けんざんや》をしている守蔵屋《もりくらや》繁市《しげいち》、深川の材木問屋の清水屋《しみずや》利兵衛《りへえ》などが、清右衛門と競うように深川の浜膳《はまぜん》にお吉を呼んでいたとか」

佐吉は、お吉の男が若松に恨みをいだいたのではないかと考えたようだ。なかなか目のつけどころがいい。

献残屋というのは、武家で不必要になった進物や献上品を買い集めて、それが必要な人に安く売る商売である。進物や献上品の再利用ということになろうか。清水屋は、ちかごろ商いをひろげてきた材木問屋の大店である。

また、浜膳は深川では名の知れた老舗の料理屋で、清右衛門もそこにお吉を呼んでいたらしいという。

「それで」

「弥十、仙太郎、源作には、あたってみやした。その後、弥十と源作は女房ももらったようだし、仙太郎も許嫁《いいなずけ》がおりやして、若松の者を皆殺しにするほど恨んでるとは思えねえんで」

「馴染みの客の方は」

「繁市と利兵衛はともに四十がらみの男で、たしか女房子供がおりやしたはずですし、お吉が清右衛門に身請けされたからといって、それほど恨みはしねえでしょう。それに、ふたりはいまだに浜膳に出かけ、別の芸者を呼んでるようです」

「うむ……」

お吉の男関係にも、若松に深い恨みをいだく者はいないということか。

「ですが、旦那、あっしは、お吉の男のような気がしてならねえんですがね」

めずらしく、佐吉はあまり酒が進まなかった。ふだんなら、手酌でグビグビと飲むのだが、空の猪口を手にしたままである。

「おれも、そんな気がするが、男と女の間の恨みだけとも思えぬのだ」

お吉に強い恨みを持つ者が仕掛けたのかもしれないが、その恨みがお吉だけでなく、若松の者みんなにむかっているとなると、男女の恨みだけとは思えないのだ。

「ともかく、もうすこしお吉の身辺を洗ってみますぜ」

そう言うと、佐吉はやっと手酌で酒をついだ。

「そうしてくれ、お吉の周辺から、何か出てくるかもしれん。……女は怖いからな」

宗二郎がそういったとき、おさきが座敷に上がってきて、

「女が怖いって、どういうこと」

と、口先をとがらせて訊いた。そのまま、おさきは宗二郎のそばに座り込み、宗二郎の胸に肩をあずけるようにしなだれかかった。

「ちかごろのおさきは、怖いくらい色っぽい、と、そう話してたところだ」

そういって、宗二郎はさっそくおさきの尻に後ろから手をまわした。

2

「旦那ァ、いい加減で身をかためちゃァどうです」

ゑびす屋から出ると、佐吉が宗二郎の耳元でいった。早く、おさきといっしょになれといっているのだ。

「佐吉、おれに田楽屋をやれというのか」

夜の町に、宗二郎は大股に歩きだした。

外は満天の星空である。四ツ（午後十時）ごろであろうか。十六夜の月が皓々《こうこう》と照り、ふたりの足元に短い影が落ちている。

「酒は飲めるし、女の尻も乳もさわり放題だし、極楽ですぜ」

佐吉の声には、茶化すようなひびきがある。宗二郎が隙《すき》を見て、おさきの尻をなでていたのを見たようだ。

「そのかわり、刀を捨てて大根を切り、皿を洗い、客に愛想のひとつもいわねばならぬのだぞ。おれに、できると思うか」

「まァ、旦那には無理でしょうな」

「おれも、無理だと分かっているから、尻だけで我慢しているのではないか」

憮然とした顔で、宗二郎がそういったとき、ふいに、佐吉が後ろを振り返り、

「旦那、だれか来やすぜ」

と、小声でいった。

「尾けてるようだな」

それとなく後ろを見ると、半町ほど後ろを町人体の男がひとり、こっちへ歩いてくる。ゑびす屋を出たときから、尾けてきたようだ。

「どうしやす」

「話を聞いてみよう。若松の件とかかわりがあるような気がする」

宗二郎は足をとめた。掘割沿いの寂しい道である。左手が掘割、右手には町家や空地、笹藪などがつづいていた。三人の他に人影はない。掘割の汀《みぎわ》に寄せるさざ波が石垣に当たり、戯れるような水音をたてていた。

「旦那、ひとりじゃァねえ！」

佐吉が昂《たかぶ》った声を上げた。

ふいに見ると、町人体のすぐ後ろを黒っぽい身装《みなり》の男がこっちにむかって歩いてくる。武士だった。袴姿で二刀を帯びている。黒覆面で顔を隠していた。殺気がある。それに、物盗りや辻斬りではないようだ。

「おれたちを襲う気だな」

「旦那、逃げますかい」

「いや、せっかくだ。正体をつかんでやろう」

ふたりは、宗二郎か佐吉の正体を知っていて襲おうとしているようだ。

「佐吉、町人の方を頼むぞ。仕留めるなどと思うな。あぶないと思ったら、逃げろ」

佐吉は足が速い。相手が腕利きでも、逃げることはできよう。

「へい」

佐吉は、すこし後ろに身を引いてふところに手をつっ込んだ。念のために持ち歩いている匕首を握ったようだ。

町人体の男と武士は、足早に近付いてきた。町人体の男は三十がらみ、痩せた目付きの鋭い男だった。武士の方は、大柄で肩幅がひろく、どっしりと腰が据わっていた。

……手練《てだれ》だ。

と、宗三郎は察知した。

太い手足やどっしりとした腰は、長年武術で鍛えた体である。それに、ゆったりと立った自然体の身構えには隙がなかった。

宗三郎はかすかに身震いした。強敵を前にした剣客の本能といっていい。酔いはふっ飛んだ。

「おれたちに、用があるのか」

宗三郎が訊いた。

それには答えず、町人体の男が、おめえら、鳴海屋の者だな、と訊いた。武士は黙したまま宗三郎を見つめていた。射るような鋭い双眸である。

「おめえの名は」

佐吉が、町人体の男の方にまわり込みながら訊いた。

「名を聞いてもしょうがねえぜ。おめえたち、ふたりはここで死ぬんだ」

いいざま、町人体の男がふところから匕首を抜いた。

それを機に、武士が宗三郎の方に歩を寄せてきた。無言である。全身から鋭い殺気を放射している。武士は三間余の間合をとって対峙すると、足場を確かめるように周囲に目をやってから抜刀した。

構えは八相だった。八相は木《もく》の構えともいわれるが、まさに大樹のような構えである。全身に気勢が満ち、包み込まれるような威圧があった。

宗二郎は青眼《せいがん》に構え、切っ先を敵の目線につけた。

……鱗返《うろこがえ》しを遣う。

宗二郎の遣う渋沢念流には鱗返しとよばれる刀法があった。

切っ先を敵の目線につけ、刀身を小波のように小刻みに揺らしながら胸まで下げてくる。すると、太陽や月のひかりを微妙に反射し、敵に戸惑いと圧迫感を生じさせるのだ。そのさい、刀身がキラキラと魚鱗のようにひかることから鱗返しの名で呼ばれるようになったのだ。

「渋沢念流、蓮見宗二郎。うぬの名は」

宗二郎は、あらためて誰何《すいか》した。敵が何者であるか知りたかった。

「名はない」

武士はくぐもったような声でいった。

「流は」

「我流……」

いいざま武士は、わずかに腰を沈め、グイと一歩踏み込んだ。全身に激しい気魄がこもり、身構えに斬撃の気がみなぎってきた。

3

ふたりの間合は、およそ三間――。

一足一刀の間境《まざかい》からは、まだ遠い。宗二郎は、足裏をするようにしてすこしずつ間合をつめながら、切っ先を下げていく。刀身が月光を反射《はね》て、魚鱗のようなひかりを放つ。

すると、武士が目を細め、戸惑うような表情を浮かべた。だが、それも一瞬だった。すぐに拭い取ったような表情が消え、やや視線を下げた。切っ先から目を反らし、宗二郎の帯のあたりを見つめている。

刀身のひかりの幻覚を避け、宗二郎の帯を見ることで間合を読み、斬撃の気配を感知しようとしているのだ。

……だが、鱗返しはやぶれぬ。

宗二郎は、なおも刀身で月光を反射ながら間合をつめ、切っ先を下げていく。

宗二郎の刀身は月光を微妙に反射ながら、腹にあてた武士の視界の真ん中を下がっていくはずだった。目をとじねば、ひかりの幻覚から逃れられないのだ。

そして、切っ先が下段の位置まで下がったとき、刀身の峰が一本の黒い線のように見える。そのとき、敵の目に宗二郎の姿がすぐ眼前に迫っているように映るはずだ。敵は反射的に仕掛けてくるだろう。慌てて斬り込んでくるか、動転して後ろに引くか。いずれにしろ、その一瞬をとらえて、宗二郎が斬り込むのだ。

宗二郎の切っ先が、武士の視界を裂くように下がった。

瞬間、武士の体が躍動した。

イヤアッ！

鋭い気合を発しざま、八相から宗二郎の頭上へ斬り下ろしてきた。

斬撃は凄まじかったが、間合が遠く、踏み込みも浅かった。その刀身が刃唸りをたてて、宗二郎の顔面から一寸ほど先の空を斬る。

武士は宗二郎を斬ろうとしたのではない。捨て太刀だった。武士は、気合と激しい斬撃で、幻覚をやぶろうとしたのである。

だが、八相から降り下ろした瞬間、武士に隙が生じた。

タアッ！

宗二郎は短い気合とともに、武士の鍔元《つばもと》へ斬り込んだ。かすかに、肉を裂く感触が手に残った。

だが、間髪を入れず武士が峰を返し、逆袈裟に斬り上げてきた。

宗二郎は背後に跳んだ。着物の肩口が裂け、かすかな疼痛がはしった。武士の切っ先がかすめたようだ。

「初手は、互角か」

武士がつぶやいた。武士の右手首のあたりから血が流れていた。宗二郎の切っ先が、浅くとらえたのである。

ふたたび対峙し、宗二郎が青眼に構えなおしたとき、ピリピリと甲高い呼び子の音が、夜陰にひびいた。佐吉が吹いたらしい。佐吉は岡っ引きではないが、いざというときのために呼び子を持ち歩いているのだ。

武士が驚いたように一歩、身を引いた。呼び子など、吹くとは思っていなかったのだろう。

さらに呼び子が鳴り、佐吉の、辻斬りだ！　という叫び声が上がり、バタバタと大きな物を倒す音があたりにひびいた。佐吉が町人体の男とやり合いながら、空地の隅に立て掛けてあった材木を倒したようだ。

「今夜は、これまでだな」

そういって、武士がさらに身を引いた。

武士は大きく間を取ると納刀し、この勝負あずけた、と言い置いて、反転した。武士が走りだすと、すこし離れた場所にいた男も後を追った。

「だ、旦那ァ」

佐吉が、走り寄ってきた。右袖が裂けて、二の腕あたりが血に染まっていた。顔もこわばっている。町人体の男にやられたようだ。

「逃げなかったのか」

「旦那を置いて、あっしだけ逃げられねえ」

佐吉は苦笑いを浮かべ、旦那も血が出てますぜ、といって、宗二郎の肩口を覗き込んだ。

「かすり傷だ」

たいした傷ではなかった。右肩口の皮肉を浅く裂かれただけである。

「あっしも、てえした傷じゃァねえ」

そういって、佐吉はふところから手ぬぐいを出して、傷口にあてた。

「見せてみろ」

宗二郎は、手ぬぐいをはずして傷口を見た。出血は激しかったが、骨や筋には異常ないようである。匕首で裂かれたのであろう。

宗二郎は、袖を切り取って腕をあらわにし、手ぬぐいで強く縛ってやった。しばらくすれば、出血はとまるはずである。

「あぶなかったな」

宗二郎はゆっくりとした歩調で歩きだした。すぐ、後ろから佐吉が跟《つ》いてきた。

「あの野郎、ただの鼠じゃァねえ」

「武士の方も、なかなかの遣い手だったぞ」

手練の上に、斬り慣れていた、と、宗二郎は感じた。刺客を生業としているような雰囲気があった。

……何者であろうか。

牢人には見えなかったが、かといって旗本や御家人とも思えない。

「あっしは、あの野郎がお吉を襲ったんじゃァねえかと……」

佐吉が、つぶやくような声でいった。

「たしかか」

宗二郎が聞き返した。

「い、いえ、房造から聞いた年格好や人相から、そんな気がしやしたんで……」

佐吉は語尾を濁した。あまり自信はないらしい。

「ともかく、ふたりが若松の件にかかわっていることはまちがいない」

物盗りや辻斬りでない以上、宗二郎たちを襲う理由はそれしかなかった。

「あの野郎の尻尾は、あっしがきっとつかみますぜ」

佐吉が、細い目で虚空を見つめながらいった。

4

「あれが、矢貝道場だよ」

室田恭八郎が、指差した。

小身の旗本や御家人の屋敷のつづく一角に、道場らしき建物があった。板壁に武者窓があり、そこから気合や木刀を打ち合う乾いた音がひびいていた。この辺りは下谷中御徒町で、上野寛永寺のある東叡山の南にあたる。

「剣術の稽古をやっているようだが」

根岸夢斎が訊いた。

室田が通っていたころの関口流矢貝道場は同じ御徒町だが、もっと南の神田川にちかい神田花房町にあった。根岸の通っていた道場もそのちかくにあったのだが、いまは両道場ともなくなっていた。

「わが師である織部さまが亡くなった後、嫡男だった毅之助《よしのすけ》どのが道場を継がれ、この地に移転されたのだが、毅之助どのは特に剣術に長けていたこともあって、剣術の稽古が主流になったのじゃ。むろん、柔術や槍術の稽古もやっておる」

室田はそういって、戸口の前に立った。

激しい気合、木刀を打ち合う音、床を踏む音などが耳に飛び込んできた。引戸があって見えなかったが、ちかくで稽古がおこなわれているらしい。

入ってすぐ土間があり、そこに門弟の物らしい下駄や草履が脱いであった。正面に狭い板敷きの間があり、その先が道場になっているようだ。

「入れ」

先に上がった室田が引戸をあけた。

稽古着姿の四人の男が、木刀で打ち合っていた。組太刀《くみたち》の稽古らしい。正面の神棚の下に、三十がらみの面長《おもなが》で鼻梁《びりょう》の高い男が端座していた。道場主の矢貝毅之助のようだ。その脇に、大柄で肩幅のひろい男が座り、稽古に目をくばっていた。

「矢貝どのの脇にいるのが、師範代の三橋どのだ」

室田が根岸に耳打ちした。

道場の両脇には、三人ずつ六人の門弟が端座し、組太刀の稽古の様子を見ていた。道場にいる門弟は総勢十人だった。町道場とはいえ、すくない人数である。

正面に座していた矢貝が、入ってきた室田と根岸の顔を見て、立ち上がった。組太刀の稽古をしていた門人も、後ろに身を引いて木刀をおろした。

「稽古をつづけよ。室田どの、客人を座敷へ」

そういい置くと、矢貝は道場から出ていった。

道場と廊下伝いに母屋があり、根岸は六畳ほどの座敷に案内された。すでに、矢貝は正面に端座していた。障子があけられ、その先に狭い庭が見えた。そよという風もない。初夏の陽射しを浴びた椿の深緑の葉叢《はむら》が重そうだった。

「矢貝どの、先日お話しした根岸どのでござる」

室田が根岸を紹介した。

その口振りからすると、室田と矢貝の関係は師弟というより親しい知己といった感じがした。室田が道場に通って稽古をしていたころ、矢貝はまだ幼子《おさなご》だったはずである。いま、室田は門弟としてではなく、顧問か客人という立場で道場に出入りしているのであろう。

「一刀流、根岸夢斎でござる」

根岸は矢貝と対座すると、ちいさく頭を下げた。

「お噂は、室田どのから聞いてござる。……いまも一刀流、指南されておられるとか」

矢貝は目を細めていった。面長で、眉毛や髭の濃い男だった。

「いやいや、年寄の冷水でござるよ」

「室田どのからお聞きしたが、われらに手を貸していただけるとか」

そういって、矢貝は根岸を見つめた。射るように鋭い目だった。

「いかにも……」

根岸は、室田から、その剣、生かしてみぬか、と誘われたのである。

何をするのか、問うと、ときおり矢貝道場に通って門弟に稽古をつけ、依頼されたときだけ、金をもらって相手を斬殺するのだという。

「討っ手か、刺客のようなものだな」

根岸は、念を押すように訊いた。人を殺して金をもらうことにも、さしたる抵抗はなかった。武士としての矜持より、老いて朽ち果てるまで己の剣を存分に揮ってみたいという願望が強かったのである。

「そうだ、ひそかに始末するのがわしらの仕事だ」

「だが、町人や女を斬る気はないぞ」

剣で立ち合うような相手でなければ、やる気はなかった。

「むろん、おぬしにはそのような相手を頼むことになろうな」

室田が低い声でいった。

「おぬしも、その仕事にたずさわっているのか」

根岸が訊いた。

「そうだ」

北本町の大川端で出会ったとき、室田が言葉を濁していたのは、他人には話せないことだったからだろう。

「わしがどのようになろうと、気にかける者はおらぬからな」

室田がつぶやくような声でいった。

「承知した。わしも世話になろう」

うさん臭い話ではあったが、いざとなったら、老腹をかっ切ればすむことだった。それに、惜しい命ではないし、室田同様自分の死を悲しむ者もいなかった。

その翌日、根岸は室田に、矢貝道場まで同行してくれ、といわれ、こうして来たのである。

「それで、まず、何をすればよいのかな」

根岸から、矢貝に訊いた。

「わが門弟に、剣術の稽古をつけていただきたい。しばらくは、それだけでござる」

矢貝は、微笑していった。

関口流矢貝道場は柔術や槍術も教授しているが、やはり剣を学ぶ者が多いので、師範代格で門弟に指南して欲しいという。矢貝はそれ以上のことは口にしなかった。

矢貝道場を出ると、武家屋敷のつづく通りを夕闇がつつみ始めていた。

「ちかいうちに、おぬしの腕を借りることになろうな」

歩きながら、室田が小声でいった。

ギョロリとした大きな目が、薄闇のなかで白くひかっていた。若いころの室田の顔ではなかった。陰影の濃い顔には、殺戮のなかで生きてきた凄味があった。根岸は、老醜をさらした顔よりいいと思った。

……わしも、死ぬ前に己の剣を存分に揮《ふる》ってみようわい。

根岸は、胸の内でつぶやいた。

5

泥鰌屋の伊平は、深川材木町の掘割の端にしゃがんで通りを見ていた。すぐ後ろが桟橋になっていて、猪牙舟が舫ってあった。

辺りは夕闇がつつみはじめ、ちかくの町家から灯《ひ》が洩れ、子供を叱る女の声が聞こえた。生暖かい風のなかに、魚を焼く匂いがただよっている。

静かな夕暮れどきだった。汀《みぎわ》に寄せるさざ波の音が、背後から伊平に何かささやきかけるように聞こえてきた。

伊平は、山岸屋に古くから出入りしている木挽職人の竹吉《たけきち》という男が、この桟橋の前を通って長屋に帰ると聞き、会って話を訊こうと思ったのだ。直接山岸屋に出かけて竹吉に会ってもよかったが、店の者の目があっては、いいにくいこともあるだろうと思い、ここで待つことにしたのである。

しばらく待つと、山岸屋の半纏《はんてん》を着た股引姿の男が、こっちに歩いてくるのが目に入った。五十がらみだろうか、痩せた小柄な男だった。夕闇のなかに、白い鬢《びん》が浮き上がったように見える。

「竹吉さんで」

伊平は近付いて、声をかけた。

「な、なんでえ、おめえは」

男は顔をこわばらせて立ちすくんだ。急に暗がりから伊平があらわれたので、驚いたようだ。

「すまねえ、驚かせちまったようだ。あっしは伊平。泥鰌屋だが、鳴海屋で始末人をやってる者だ」

伊平は正直に名乗った。それというのも、山岸屋に古くからいる者なら、お静が鳴海屋に始末の依頼をしたことは知っているはずだと踏んだからだ。

「ああ、鳴海屋さんの……」

思ったとおり、男は鳴海屋と聞いてほっとした表情を浮かべ、竹吉だが、何の用だい、と訊いた。

「亡くなった旦那のことで、訊きたいことがありやしてね。どうです、そこの樽屋《たるや》でちくっとやりながら」

伊平は、そのつもりでちかくに樽屋という一膳めし屋があるのを見ておいたのである。

「一杯だけだぜ」

竹吉は無愛想にいったが、細めた目は嬉しそうだった。酒好きのようである。

樽屋の飯台に腰を下ろし、伊平がとどいた酒をついでやりながら、

「女将さんから、亡くなった旦那はあまり酒をやらねえって聞いたんだが、ほんとですかい」

と、あたりさわりないことから訊いた。

「旦那は甘《あめ》え物が好きで、酒はまるっきりだめだったな」

そういうと、竹吉は猪口の酒を一息に飲み干した。竹吉は、酒に強いようである。

「ここ半年ほどの間に、二度も小火があったそうだが」

「ああ、店の者は付け火にちげえねえって噂してるぜ」

お静がいったことは、嘘ではないようだ。

「ところで、徳五郎さんや女将さんを恨んでる者はいねえかい」

伊平は、銚子の酒をついでやりながら訊いた。

「さァ、おれには分からねえが……。旦那を殺すほど恨んでる者は、いねえと思うがな」

「山岸屋を恨んでいる者は」

店に火を付けようとしたのは、徳五郎個人より山岸屋に恨みをいだいていたからではあるまいか。

「商売敵はいるが、旦那を殺したり店に火を付けようとはしねえはずだよ」

竹吉は首をひねった。

「商売敵というのは」

「島田町にある清水屋《しみずや》、それに吉永町の越中屋《えっちゅうや》」

竹吉によると、清水屋はちかごろ商いをひろげてきた店で、山岸屋の得意先にも手を出すようになってきたという。また、越中屋は何代もつづく古い店で、それほど大きくはないが、むかしから山岸屋とは商いを競ってきたそうだ。

「ちかごろ、清水屋か越中屋と何か揉め事はあったかい」

「いや、とくにねえ」

竹吉は酒がまわってきたのか、陽に灼《や》けた顔が赭黒《あかぐろ》く染まってきた。さっきから、勝手に手酌でついで飲んでいる。

それから伊平は、お静や又次郎のことも訊いたが、恨みをもっていそうな者はいないようだった。

「おれはよ、これから先、山岸屋がやっていけるか心配《しんぺえ》してるんだよ。倅の又次郎さんじゃア、山岸屋の屋台骨は背負いきれねえ」

竹吉が絡み付くような声でいった。赤くなった目が、据わっている。酒癖がよくないようだ。

竹吉がなかなか腰を上げそうもないので、しかたなく伊平は新たに酒と肴を頼んでやってから店を出た。

翌日、伊平は柳橋の浜鶴へ足を運んだ。それというのも、お静から徳五郎が浜鶴での材木問屋の集まりの帰りに死んだと聞いていたので、清水屋と越中屋も同席したかどうか訊いてみようと思ったのである。

浜鶴の裏手でしばらく待つと、女中らしい年増が出てきたので、袖の下を使って話を訊いた。それによると、山岸屋といっしょにいたのは、深川、本所、日本橋などの材木問屋で、清水屋はいっしょだったが、越中屋はいなかったという。

「その席で、何か揉め事はなかったかい」

伊平は、まず清水屋を探ってみようと思った。

「いいえ、みなさん、なごやかに楽しんでおられましたよ」

女中は、訝《いぶか》しそうな顔をしていった。泥鰌屋がなんでそんなことを訊くのかと不審に思ったのだろう。

「なに、あっしが知りてえのは清水屋の利兵衛さんのことなんだ。妹が、清水屋の川並にほの字でよ。……ちかごろ、清水屋のことでよくねえ噂を耳にしたんで、たしかめてみてえと思ったのよ」

「よくないって、どういうこと」

女中が声を落として訊いた。

「山岸屋の徳五郎さんが死んだことは知ってるだろう。裏で、清水屋が何か仕組んだっていう者もいるんだ。山岸屋と清水屋は商売敵だからな」

伊平は適当に話をこじつけた。それらしく水をむけて、女中から清水屋利兵衛のことを訊き出そうと思ったのである。

「まさかァ、そんなこと」

女中は白けたような顔をした。思いもしなかったことだったのだろう。

「それで、店ではどうだい。ふたりは、いがみ合ってたんじゃァねえのかい」

かまわず、伊平は訊いた。

「そんなことないよ。あたしも、その席にいたけど、別に揉め事はなかったし……」

女中はその夜のことを思い出そうとするように、しばらく視線を虚空にとめていたが、そういえば、あの夜、利兵衛さんだけ、早く帰ったねえ、と口にした。

「早く帰った？　どういうことだい」

伊平が訊き返した。

「あたし、くわしいことは知らないけど利兵衛さんが途中で席をたって、いったん店を出たらしいの。すぐに、もどって来たけど、それから小半刻（三十分）ほどして、急用ができたからといって、帰ったのよ」

「急用ってえなァ、なんだい」

「そこまでは知らないよ」

「それで、徳五郎さんが帰ったのは？」

「利兵衛さんの後、半刻（一時間）ほどしてかね」

「………」

伊平の胸にひっかかるものがあった。その夜、浜鶴からの帰りに、徳五郎が大川端から落ちて死んだのである。先に店を出た利兵衛が、何か仕掛けたと考えられないこともない。

「ところで、死んだ徳五郎さんは酒はやらないそうだな」

「ええ、その夜も、お茶と料理だけ」

「そうかい」

伊平は、女中に礼をいって別れた。

6

そのままの足で、伊平は深川島田町へいってみた。清水屋を探ってみようと思ったのである。

島田町は三十三間堂の東側にある町で、付近には掘割と木場がおおかった。掘割には丸太が浮き、材木をたてかけた空地や木挽場などが目についた。

清水屋は掘割に面した一角にあった。店舗のほかに土蔵、倉庫、使用人の住む長屋などがあった。川並や木挽職人などが盛んに出入りし、威勢のいい声が飛び交っていた。新興の大店らしい活気がある。

伊平は、しばらく積んだ材木の陰に身をひそめて、話の聞けそうな者を物色していたが、なかなか適当な相手があらわれなかった。それというのも、店の者に迂闊《うかつ》に話を聞けなかったからである。

しかたなく、伊平は店のそばから離れ、近所をまわった。清水屋から一町ほど離れた道沿いに舂米屋《つきまいや》があったので、主人に話を聞いてみた。

「清水屋さんは、ここ十五年ほどの間に急に商いをひろげ、いまのような大店になったんですが、近所の評判はよくありませんね」

主人は、不愉快そうに顔をしかめた。清水屋にいい印象はもっていないようだ。

清水屋利兵衛は二十年ほど前、父親が死に店を継いだという。そのときは、ちいさな材木問屋で奉公人もわずかだった。ところが、利兵衛が店を継いでから得意先を次々に獲得し、商いをひろげていったという。

「利兵衛さんは、いろんな手を使ったと聞いてますよ。名のある大工の棟梁などには付け届けを怠らなかったし、お上の普請があれば、お役人を酒や女でもてなしたり……。それに、ちかくにあった相模屋《さがみや》という材木問屋を、十年ほど前に安く買取りましてね。それを機に急成長し、いまのような大店にのし上がったんですよ」

「相模屋は、左前だったのかい」

「いえ、商いは順調だったようですよ。運悪く、主人が急に亡くなりましてね。店がつづけられなくなったんですよ」

「病《やまい》かい」

「それが、夕方、材木を見にいった折に足を滑らせ、堀に嵌《は》まって溺れ死にしてしまったんですよ。当時、倅は七つの幼子でしてね。店をやっていくのはむずかしかったんでしょうよ」

主人は顔をしかめた。そのときの惨事を思い出したようだ。

「川に嵌まってな」

伊平は、山岸屋とよく似ていると思った。相模屋の没落の背後に、利兵衛の陰謀が感じられた。

……清水屋を探れば、何か出てきそうだ。

と、伊平は思った。

春米屋《つきまいや》を出ると、伊平はもう一度、清水屋にいってみた。陽が西にかたむき、清水屋の前の掘割の水面に淡い夕陽が映っていた。船頭や川並などが、倉庫から材木を大八車に積んで運び出していた。清水屋の印半纏《しるしばんてん》を着た奉公人が、そばで声をかけている。

伊平は、いっとき材木の陰から店先を見ていたが、話を訊けそうな相手が見つからなかったので、あきらめてその場を離れた。

掘割沿いの道を入船町の方へしばらく歩いたとき、伊平は背後から迫ってくる足音を聞いた。振り返ると、手ぬぐいで頰っかむりした大柄の男が急ぎ足で近付いてくる。武士か町人か、はっきりしなかった。袴姿だが無腰《むこし》である。

……おれを狙ってる！

少し前屈みで、近付いてくる男の姿に殺気があった。

伊平は歩きながら手甲《てっこう》に隠してある泥鰌針を抜き、右手に握った。伊平は足も速かったので、逃げる気なら簡単に逃げられた。だが、相手が無腰だったこともあって、逃げる気はなかった。正体をつかんでやろうと思い、わざと足を遅らせて男の近付くのを待ったのである。

「待て、町人」

男が声をかけた。ふたりの間は、三間ほどに迫っていた。

「あっしのことですかい」

伊平は立ちどまって振り返った。

淡い夕闇のなかに、男の姿が浮き上がったように見えた。老齢である。皺の多い顔には、老人特有の肝斑《しみ》もあった。だが、ただの老人でないことは一目で分かった。腕や首が異様に太く、腰もどっしりとしていた。

それに、言葉遣いは武家のものである。

伊平は、泥鰌針を握った右腕をだらりと垂らし、わずかに両膝をまげた。いざとなったら、この身構えから相手の正面に飛び込み、首筋に泥鰌針を刺すのである。

「おまえだ」

「どちらさまで」

「名なしだ」

男は、ずんずんと近寄ってきた。

……この男、何をする気だ！

伊平は戸惑った。襲う気のようだが、武器は何も手にしていないのだ。

「なにをなさるおつもりで」

伊平は一歩身を引いた。不気味だった。男の全身に激しい気勢が感じられた。老人とは思えない。猛獣が獲物を追いつめるような迫力がある。

「おまえの命をもらいたい」

いいざま、男が地を蹴った。

腕を前に伸ばし、飛び付くような勢いで突進してくる。凄まじい寄り身だった。

……柔術だ！

察知すると同時に、伊平は泥鰌針を握った右手を振り上げた。

男の太い腕が伊平の襟元をつかむ。瞬間、伊平は右手を振り下ろした。相手の肉を刺した軽い感触があった。だが、首ではない。男の肩口をとらえたようだが、その刺撃は相手の攻撃をとめるほどの効果はなかった。

イエッ！

男が気合を発し、体を伊平に密着させた刹那、伊平の体が空へ飛んだ。

次の瞬間、伊平は地面にたたきつけられた。骨の折れるにぶい音がした。左腕である。一瞬、体を支えようと左手を地面についたとき折れたらしい。

オオッ！　吠え声を上げ、なおも男は迫ってきた。伊平は立ち上がらず、地面をころがって逃れた。体をつかまれたら助からない、と察知したのだ。

伊平は掘割の土手際までころがって、身を起こそうとした。そこへ男が走り寄り、伊平の袖をつかもうと、手を伸ばした。

「ちくしょう！」

伊平は、必死で泥鰌針を揮った。

針先が、伸ばした男の右腕をかすめたらしく、一瞬手をひっ込めた。その隙をとらえ、伊平は掘割に身を躍らせた。

伊平は子供のころから泥鰌や鰻をとるため川や堀で過ごすことが多かった。泳ぎは達者である。掘割に身を投じた伊平は、右手だけでむこう岸まで泳ぎついた。

男は追ってこなかった。ちかくに橋がなかったせいである。岸辺につっ立ったまま、伊平の走り去る後ろ姿を見送っていた。

7

「これは、しばらく動かせませんよ」

文蔵は、伊平のだらりと下がったままの左腕を見て、顔をくもらせた。

「元締、山岸屋の件だが、妙なやつが動いてますぜ」

伊平は、柔術遣いから逃れた足で、鳴海屋へ来たのである。文蔵に、ことの次第を報《し》らせることと、山岸屋の件は別の始末人の手を借りねば片がつかないと判断したからだ。

「話を聞く前に着替えて、腕の手当をしましょう」

伊平は濡れ鼠だった。文蔵はすぐに、お峰を呼び、晒と腕に当てる木片、それに文蔵の着物を持ってこさせた。

始末人やヒキなどは仕事上怪我をすることが多い。そのため、鳴海屋には怪我の手当をする薬や晒などがそろえてあった。

お峰も手当には慣れていて、てきぱきと伊平の濡れた衣類を脱がせ、着替えさせると、折れた左腕に当て木を添えて、晒で固定した。

「骨がつくまで、おとなしくしてないと駄目ですよ」

お峰はそう言うと、いったん料理場の方へもどり、熱い茶を淹《い》れてきた。

茶をすすった後、文蔵は伊平を二階へ連れていき、いつもの長火鉢のそばに座ると、

「落ち着いたところで、話してもらいましょうか」

そういって、伊平の方へ顔をむけた。

「へい、山岸屋に仕掛けたのは、島田町の清水屋じゃァねえかと見当をつけ、探りを入れてみたんでさァ」

そう前置きして、伊平は柔術を遣う男に襲われたことまでをかいつまんで話した。

「柔術をねえ」

文蔵も驚いたようだった。

「あっしは、そいつが徳五郎を始末したんじゃァねえかと睨んでるんで」

伊平は、あの男が徳五郎を投げ飛ばしたのではないかと思っていた。頭から地面にたたきつけて殺し、死骸を川岸から投げ捨てておけば、足をすべらせて落ち、頭を打ったように見えるではないか。

伊平がそのことを話すと、

「わたしもそう思いますね。……それにしても、妙な雲行きになってきましたな。実は、宗二郎さんと佐吉さんも、妙な男に襲われましてね。なんとか、逃れたようだが、なかなかの遣い手だということです」

文蔵は、思案するように虚空に目をとめていた。行灯の灯に浮かび上がった顔は、丸い地蔵のようだったが、細い目が熾火《おきび》のようにひかっていた。いつもの温和な表情はない。始末人の元締らしい凄味のある面貌《おもて》だった。

「これは、金目当ての強請や脅しとは、ちがうようですな。あるいは、若松と山岸屋の件は同じ相手かも知れませんよ」

文蔵がつぶやくような声でいった。

「どうしやす、元締」

「伊平さんは、しばらく動けないでしょうし、山岸屋さんの始末も、このままというわけにはいきませんし、ともかく、明日、みなさんに集まってもらいましょう」

そう言うと、文蔵は冷たくなった茶碗に手を伸ばした。

翌日、鳴海屋の二階の奥座敷に、十人が集まっていた。元締の文蔵、始末人の宗二郎、伊平、臼井勘平衛、鵜野ノ銀次、矢師の佐平次、それにヒキの佐吉、孫八、小つる、まわり役の彦七である。

「まず、宗二郎さんから話してもらいましょうかね」

文蔵が一同を見まわしていった。声はおだやかだったが、顔にいつも浮かべている微笑はなかった。

「どうにも相手がはっきりせぬ」

宗二郎は苦々しい顔で、そういってから、若松の女将が襲われ、つづいて奉公人が殺されて金を奪われたことなどを説明し、

「若松のことを探っているうちに妙な男に、襲われてな。町人と武士だが、なかなかの遣い手だった」

そのときの様子をかいつまんで話した。

「そやつ、何流を遣う」

臼井が訊いた。有馬一刀流の遣い手だけあって、相手の遣う剣が気になったようだ。

「我流とほざきおった。構えは八相。大柄で、がっしりした体軀の男だ」

覆面をしていたため、人相までは分からなかった。

「それだけでは、分からんな」

臼井は、無精髭をなでながら視線を落とした。

つづいて、伊平が山岸屋の主人の徳五郎が殺された事件と柔術を遣う男に襲われたことを話した。

「気になるのは、宗二郎さんや伊平さんを襲ったふたりの侍ですよ。いまのところ、若松と山岸屋とのかかわりはまったく分かってないが、始末人と知った上で狙ってきたのはたしかだ。……それに、あたしはふたりの侍を、裏であやつっているやつがいるような気がしてならないんですがね」

文蔵が低い声でいった。双眸に刺すようなひかりが宿っている。

「そいつは、だれです」

伊平が訊いた。

「それが、まったく分からないんですよ」

文蔵は困惑の表情を浮かべた。

「こうなると、若松だけでは決着がつかないようだな」

宗二郎がいった。

「宗二郎さんのいうとおり、若松と山岸屋の件は根がつながっているとみていいでしょう。……いずれにしろ、腕利きが命を狙ってくるのを承知のうえで、ふたつの依頼を片付けなければなりません。すでに、始末料はいただいてますからな」

文蔵はそういうと、一同に目をやり、宗二郎さん、若松の件はひきつづきやっていただけますかね、と訊いた。

「むろんだ。若松の始末はおれと佐吉でつける」

宗二郎はきっぱりといった。脇に座っていた佐吉は、無言でうなずいた。

「山岸屋の方だが、見てのとおり伊平さんはしばらく動けない。かわりに銀次さん、どうでしょうな」

といって、文蔵が銀次の方に目をむけた。

銀次は無言でうなずいた。寡黙な男で、口をつぐんでいるときが多い。代わりに、脇にいた小つるが、いいよ、と返事した。銀次と小つるは夫婦で、小つるがヒキ役である。

「元締、あっしと孫八とで、ひきつづき清水屋を探ってみてえが」

伊平が眉根を寄せていった。伊平も、このまま引き下がる気にはなれないのだろう。

「分かりました。ただし、とうぶん歩くだけにしてくださいよ」

文蔵が口元に微笑を浮かべていった。

「おれは、何をすればいい」

そのとき、臼井が口をはさんだ。

「臼井さんと佐平次さんの出番は、相手の正体が知れてからということになりましょうかね。……相手方には、他にも腕利きがいるような気がしてならないんですよ」

そういうと、文蔵は口元の微笑を消した。虚空を見つめた目には、得体の知れぬ敵に挑むように強いひかりが宿っていた。

第三章　風狂老人

1

こつ、こつ、と腰高障子をたたく音がした。だれかいるようだ。見ると、ちいさな人影が障子に映っている。子供のようである。

宗二郎は身を起こした。昨夜、ゑびす屋で飲んで帰り、上がり框のそばの畳に横になって眠ってしまったのだ。陽射しは、だいぶ高い。五ツ（午前八時）は過ぎていようか。

「いるぞ、入れ」

宗二郎は、目をこすりながら声をかけた。

すこしずつ障子があいて、顔を見せたのは、おたまだった。なかが暗いせいか、おたまは目を丸く瞠《みひら》いて、すぐ前にいる宗二郎を見つめた。両手でかかえるように丼を持っていた。

「おお、おたまか、どうしたな」

宗二郎は上がり框のそばに胡座をかいた。

「おじちゃん、これ」

おたまは土間に入ってくると、手にした丼を宗二郎の鼻先に突き出した。なかににぎり飯がふたつ入っている。

「どういうことかな」

「おっかァが、これ、おじちゃんにって」

「そうか、すまんな」

母親のお滝が持たせたらしい。お滝は、宗二郎が昨夜飲んで帰ったのを知っているようだ。お滝は、宗二郎が遅くまで寝ていて、朝飾も食わずに出かけるにちがいないと気をまわしておたまに持たせたのであろう。

おたまは、井戸端で草履を飛ばして遊んでいたとき相手をしてやってから宗二郎になつき、遊び相手がいないときなど部屋に顔を見せることがあった。そんなおり、物売りから玩具や飴などを買ってやることもあり、母親のお滝はお返しのつもりもあってか、ときどき惣菜やにぎり飯などをとどけてくれた。

「それでは、馳走になろうかな」

宗二郎は腹がへっていた。土間に下りて、水甕《みずがめ》の水を丼に汲むと、あらためて上がり框に腰を下ろした。茶を飲みたかったが、腹を満たすのが先だった。おたまも上がり框にちょこんと腰を下ろして、宗二郎の顔を食い入るように見つめている。

「おたま、おまえもひとつ食うか」

宗二郎は、にぎり飯の入った丼をおたまの前に出した。

「あたい、食べてきたからいい」

おたまは、強く首を横に振った。

「そうか、では遠慮なくいただくぞ」

手にしたにぎり飯に、宗二郎がかぶりついたとき、また戸口に人影があらわれた。

佐吉である。佐吉は宗二郎の脇に座っているおたまを見て、驚いたような顔をしたが、苦笑いを浮かべて入って来ると、おたまの脇へ黙って座った。

おたまは、佐吉と顔見知りだったが、男ふたりに挟まれて居心地が悪くなったのか、

「あたい、帰る」

といって、パタパタと戸口から出ていった。

「いまのは、井戸端で草履を飛ばしてた子でしたな」

佐吉が、戸口のむこうへ走り去るおたまの背を見送りながらいった。

「そうだ。あれ以来、なついてな。どうも、おれは女子《おなご》に好かれるたちらしい」

「あの子じゃァ無理だが、もうすこし歳のいったのと、早くいっしょになるといいんですけどね」

佐吉は、宗二郎の食いっぷりを見ながら呆れたような顔をしていった。

「ところで、佐吉、何かつかんだのか」

宗二郎が訊いた。

鳴海屋の二階に集まってから、十日ほど経っていた。この間、佐吉は若松の調べで歩きまわっていたのだ。

「それが、旦那、かいもく分からねえんで」

めずらしく、佐吉は困惑の色を浮かべていた。

佐吉はお吉を襲った町人体の男を突きとめようと、深川、本所、浅草あたりの賭場や岡場所などを虱潰《しらみつぶ》しに当たってみたが、正体は知れなかったという。

「それに、お吉の筋からも何も出てこねえんで」

念のため、お吉の男関係を洗いなおしてみたが、それらしい男はつかめなかったという。

「お吉や清右衛門の周辺に、おれたちを襲った武士の影もないのか」

「まったく、ありやせん」

「妙だな……」

相手は、若松の者を皆殺しにしたいと思うほど憎んでいるのだ。実際に、女将のお吉が襲われ、奉公人が斬られて金を奪われている。ところが、その相手の実態がいっこうに見えてこないのだ。しかも、相手はひとりではない。手練の武士までくわわっているようなのだ。

「旦那ァ、相手は知れやせんが、あれで若松から手を引いたんじゃァないですかね」

「そんなことはない。手を引くなら、おれたちを襲うことはあるまい」

「そうですな……」

佐吉は顔をゆがめたまま視線を足元に落とした。

「もう一度、清右衛門とお吉に質してみるか。その後の様子を彦七からも聞いてみたいしな」

彦七は奉公人になりすまして、若松に住み込んでいた。

「これから行きやすか」

「そうしよう」

宗二郎は、にぎり飯の残りを口につめこみ、水で飲み込んだ。

ふたりが路地木戸から表通りへ出たとき、

「旦那、むこうから来るのは彦七のようですぜ」

そういって、佐吉が足をとめた。

なるほど、彦七がこっちにむかって駆けてくる。よほど、遠方から走りづめできたらしく顔が真っ赤で、顎が上がっていた。

「だ、旦那、大変だ！」

「どうした」

「せ、清右衛門さんが、いなくなっちまったんで」

荒い息を吐きながら、彦七がいった。

「いなくなった、どういうことだ」

「へ、へい、昨夜《ゆうべ》から清右衛門さんが見つからねえんで」

彦七の話によると、昨日の午後、清右衛門は親戚の法事で浅草茅《かや》町に出かけたという。ところが、夕方になっても帰ってこない。

当初、お吉をはじめ奉公人たちも、酒を飲んで酔いを覚ましているのだろう、とさして心配もしていなかったという。ところが、夜になり、町木戸のしまる四ツ（午後十時）過ぎても帰ってこない。さすがに心配になり、お吉が奉公人に、様子を見てきておくれ、といって、茅町まで走らせた。

「奉公人がもどっていうには、清右衛門さんは七ツ（午後四時）ごろ、親戚を出たらしいんで。それから、奉公人たちが夜通し茅町から門前仲町までの道筋を探したんでさァ。ところが、今朝になっても、清右衛門さんは見つからねえ。それで、あっしは、ひとまず旦那に知らせようと、飛んできたわけなんで」

彦七は顔の汗を手の甲でぬぐいながらしゃべった。

「途中、どこかに寄るようなことは」

「思い当たるところは、ねえそうで」

「ともかく、若松に行ってみよう」

宗二郎は足早に歩きだした。後に、佐吉と彦七がつづく。

2

若松でも、まだ清右衛門の行方は知れなかった。宗二郎の姿を見たお吉は、紙のように蒼ざめた顔で、

「うちの人、殺されてるかもしれない」

と、声を震わせていった。

「まだ、なんともいえんな」

茅町から若松までの道筋に、清右衛門の死体は見つかっていないという。殺されたのではなく、拉致され、どこかへ連れ去られた可能性もある。相手の狙いが、身の代金ということも考えられるのだ。

「ともかく、待たせてもらう」

宗二郎と佐吉は、店の玄関先に腰を下ろした。

若松のなかはひっそりとしていた。若い衆や下働きの奉公人の姿はなく、ときどきこわばった顔の女中の姿を見かけるだけだった。おそらく、男の奉公人たちは清右衛門を探しに、心当たりに散っているのであろう。

それから半刻（一時間）ほどして、若い衆のひとりが玄関先に走り込んできた。

「お、女将さん、旦那が見つかったァ！」

若い衆が、ひき攣《つ》った声でいった。

「源助《げんすけ》、あの人、なんともないのかい」

若い男は源助という名らしい。

「そ、それが、殺されてるんで」

「なんだって！」

一瞬、お吉の顔がゆがみ、落雷でも受けたように硬直してつっ立った。だが、すぐに気を取り直したらしく、まちがいなく、旦那なのかい、と念を押すように訊いた。

「へい」

「どこで、殺されてたんだい」

「薬研堀《やげんぼり》ちかくの大川端で」

源助によると、清右衛門の死体が桟橋ちかくの舫杭にひっかかっているのを船頭が見つけ、ちかくの桟橋に引き上げたという。

そばでふたりのやりとりを聞いていた宗二郎は、

「ともかく、行ってみよう」

といって、立ち上がった。

源助につづいて若松を出たのは、宗二郎、佐吉、それに調理場をまかされている弥之助《やのすけ》という壮年の料理人だった。お吉もいっしょに行くといったが、女将さんは店で待っていたほうがいい、といって、宗二郎が店に残したのだ。

桟橋の上に、十人ほどの男が人垣を作っていた。船頭や岡っ引きたちらしい。なかに黒羽織に黄八丈の単衣《ひとえ》を着流した定廻り同心の木部の姿もあった。

男たちの足元に筵《むしろ》が敷いてあり、その上に横たわっている男の姿があった。黒の絽羽織《ろばおり》と縦縞の着物が濡れて体にからみついている。清右衛門らしい。

「通してくれ、若松からきた者だ」

宗二郎が声をかけると、男たちは振り返ったが、不審そうな目をむけただけで動かなかった。牢人体の宗二郎を見て、料理茶屋にかかわりのある者とは思わなかったようだ。

そのとき、人垣のなかから男がひとり木部に近寄って何やら耳打ちした。岡っ引きの達吉である。

達吉が宗二郎たちのことを話したらしく、木部は表情のない顔で、通してやれ、と指示した。するとすぐに人垣が割れ、道をあけた。

死体は清右衛門だった。頭部が割れて、裂けた肉の間から白い頭蓋骨がのぞいていた。刃物による傷ではない。何か石のような物で強く殴られたような傷である。

顔が奇妙にゆがみ、目玉が飛び出るほど両眼を見開いていた。元結《もとゆい》が切れ、濡れたざんばら髪が蛇のように首にからみついている。目をおおいたくなるような無残な死体だった。

いっしょに来た弥之助は、

「旦那、どうしてこんなことに……」

そういって、死体のそばに屈み込んだまま身を震わせていた。

……これは、徳五郎と同じではないか。

宗二郎は、伊平が話していたことを思い出した。徳五郎と同じように柔術を遣う男に投げられ、頭から地面にたたきつけられたのではないだろうか。

「清右衛門は法事で酒を飲み、酔っていたそうだ。柳橋あたりの大川端で、足をすべらせて石垣にでも頭を打ち付け、そのまま流されてここの杭にひっかかったのかもしれねえ」

木部は宗二郎たちにも聞こえる声でいった。

ちがう、清右衛門は殺されたのだ、そう思ったが、宗二郎は黙っていた。町方の顔をつぶし機嫌をそこねれば、後がやりづらくなる。それに、今度の件は町方の探索に期待できそうもないのだ。

「ふところに財布が残っていたから、盗人や辻斬りの仕業じゃァねえが、若松の奉公人が殺されて金を奪われた件もある。念のため、昨夜の清右衛門が歩いた道筋を洗ってみろ」

木部が、ちかくにいた岡っ引きたちに指示した。

すぐに、数人の岡っ引きが桟橋から足早に離れ、大川端の通りを柳橋方面へむかった。

清右衛門の死体に目を落としていた宗二郎の胸に、後悔と屈辱の念がわいた。警戒がたりなかった。始末料をもらっていながら、依頼人の命を奪われてしまったのだ。彦七を店に置くだけでなく、まわり役の者を増やし、すくなくとも清右衛門とお吉だけでも監視させれば、こんなことにはならなかったかもしれない。

「旦那、やられましたね」

佐吉が小声でいった。

「ああ、ここまでやるとは思わなかった。油断だな」

宗二郎は死体から離れ、人垣の後ろへさがった。

弥之助は、死体のそばに屈み込んだまま動かない。

大川の川面が夏の陽射しに白くかがやいていた。猪牙舟や屋根船などが、まばゆいひかりのなかをゆったりと行き来していた。岸辺の石垣を洗う水音が、桟橋の上にいる男たちの声を打ち消し、立っている宗二郎をつつみ込む。

「旦那、こりゃア、山岸屋の徳五郎を殺ったのと同じやつですぜ」

佐吉が目をひからせていった。

「おれもそう思う」

「やはり、山岸屋も若松も同じ根のようで」

清右衛門を殺した下手人は、若松の者だけを狙ったのではないのだ。

「そういうことだが、いったいだれが何のために殺してるのであろうな」

宗二郎の脳裏に、文蔵が口にした、ふたりの侍を裏であやつっているやつがいるような気がしてならない、との言葉がよぎった。

文蔵のいうように、同じ相手が若松と山岸屋の者たちの命を狙っているのだ。それもひとりではない。腕利きの侍をかかえている一味といっていい。当然、一味には首領格の者がいて、指図しているのであろう。

「旦那、ほかにも若松の者を狙ってきますかね」

佐吉が訊いた。

「分からんな」

一味の狙いが分からない以上、なんとも判断のしようがなかった。ただ、これからも狙ってくるとみて、若松の者を守らねばならない。

次に狙うのは、だれであろう。宗二郎は、お吉だろうと思った。清右衛門には子供がいない。奉公人を除けば、残された若松の者はお吉だけである。

……お吉に、手は出させぬ。

宗二郎は胸の内で叫んだ。

3

ところが、宗二郎の思いに反して、お吉は意外な反応を見せた。

清右衛門の初七日が済んだ三日後だった。突然、彦七が甚助店に顔を見せた。困惑したように顔を曇らせている。

「どうした」

宗二郎が訊いた。彦七は、お吉に張り付き、何かあればすぐに報《し》らせる手筈になっていたので、お吉の身に何かあったか、と危惧したが、そうではないようだった。

「へい、元締がすぐ来て欲しいそうで」

彦七は、それ以上口にしなかった。事情を知っているようだったが、自分からは話しにくいようだ。

鳴海屋の二階の奥座敷に行くと、すでに佐吉も来ていた。

「宗二郎さん、まァ、座ってください」

物言いはやわらかかったが、文蔵の顔は曇っていた。佐吉も不満そうな顔をしている。あまりいい話ではないようだ。

「昨日、若松のお吉さんがみえましてな。若松からいっさい手を引いてもらいたいというんですよ」

「手を引けと。どういうことだ」

宗二郎はお吉の意図が読めなかった。

「お吉さんはひどく腹をたてておりましてな。高い始末料を払ったのに、肝心な旦那の命を守れなくて、何が始末屋だと、こういうんですよ」

文蔵は、苦笑いを浮かべた。

「だが、次はお吉が狙われるかもしれんのだぞ」

宗二郎は声を大きくした。

「わたしも、それをいいました。ところが、お吉さんは、大事な旦那を亡くしてしまって、いまさら、わたしなんかどうなってもいい、それに、わたしのまわりを一日中うろうろつけまわして煩わしくてしょうがない、というんですよ」

文蔵はそういうと、煙管を取り出し火鉢のなかの熾火で莨に火をつけた。

お吉は、彦七がお吉の身辺を監視しているのを嫌がっているようだ。

宗二郎が黙っていると、

「それで、元締はどう返事しなすったんで」

と、脇から佐吉が訊いた。

「どうもこうも、むこうさまが断ってきたのに、つづけることはできませんよ。わたしらも商売ですからな」

文蔵は莨を吸い、ゆっくりと煙を吐いた。

「だが、このままというのはな……」

宗二郎は、残りの始末料も惜しかったが、それより清右衛門を殺され、始末人としての顔を潰されたまま引き下がるのが我慢ならなかった。

「お吉さんを守りはしませんが、この始末から手を引くつもりはありませんよ」

文蔵がいった。糸のように目を細め、雁首から立ち上ぼる莨の煙を見つめている。風はなかったが、息で大気が動くらしく、立ち上ぼった煙が文蔵の顔のあたりで、ふいに乱れ、逃げるように部屋の隅へ流れていく。

「宗二郎さん、わたしが始末の依頼を受けたのは、清右衛門さんなんですよ。死んじまったが、まだ始末はすんじゃァいません」

文蔵はすこし語気を強くした。

「そのとおりだ」

「どうでしょう、すこしやりづらくなるが、ひきつづき宗二郎さんと佐吉さんにやってもらいましょうかね」

「むろんやる。なァ、佐吉」

宗二郎が佐吉の方へ首をひねると、佐吉は大きくうなずいて見せた。

「片付けば、始末料の半金はわたしがお支払いしますよ。なに、これは鳴海屋の信用の問題でしてね。始末に失敗したまま若松から手を引いたことがほかの店に知れれば、月々の御守料を集めづらくなりますからね」

「それはありがたい。金になれば、こっちも励みになる」

「ただ、宗二郎さん、こんどの始末は、遊び人や食いつめ牢人の脅しや強請とはちがいます。用心してかかりませんと、始末されるのはこっちかもしれませんよ」

宗二郎を見つめた文蔵の目に、刺すようなひかりがあった。物言いはやわらかいが、始末人の元締らしい重いひびきがある。

「油断はすまい」

宗二郎はかたわらに置いた刀を手にして立ち上がった。

鳴海屋の外に出ると、夏の陽が照りつけていた。風がないせいか、炒《い》るような暑熱が足元から立ち上ぼってくる。暑さのせいか、町並はひっそりとしていた。掘割沿いの柳が枝葉を重そうに垂らし、木の香をふくんだ息のつまるような昼下がりの大気が深川の町をおおっている。

「旦那、あっしは、裏に殺しを金で請負う者たちがいるような気がしやすが」

歩きながら、佐吉がいった。

「おれもそう思う。……それにな、こうなると、お吉が気にならんか」

「どういうことで」

「お吉のときだけ、日中、人通りある場所で狙ってしくじってるんだ。金ずくで殺しを請けるような者にしては無謀だ」

「たしかに……」

「それに、今後、若松はどうなる。跡を継ぐのは、お吉しかいないんじゃァないのか」

「……！」

佐吉がハッとしたように足をとめ、顔を宗二郎にむけた。

「だが、お吉ひとりの才覚とは思えんし、山岸屋の徳五郎殺しも同じ根だとすると、おれたちにはまだ見えてない一味が、陰で動いてるってことになろうな」

「あっしらを襲った剣術遣いも仲間ですかい」

「徳五郎と清右衛門を殺った柔術遣いもそうだろう。ほかにも、いるかもしれん。……ともかく、お吉だな。あの女はどこかで一味とつながってるような気がする。彦七の見張りを嫌ったのも、そのあたりのことを嗅ぎ付けられる恐れがあったからかもしれんぞ」

「分かりやした。お吉を洗ってみますぜ」

佐吉は語気を強めていった。

「おれは、柔術遣いを追ってみる」

江戸でも、柔術の達者となるとそう多くはない。宗二郎は、柔術を指南する道場をたぐれば、徳五郎と清右衛門を殺した下手人がつかめるかもしれないと思ったのだ。

ふたりは掘割沿いの道を歩きだした。路傍の欅《けやき》の梢で油蟬が鳴いていた。頭上の熱気をかきまわしているような喧しい鳴き声だった。

4

「小つる、あれが清水屋だよ」

鵜野ノ銀次は、猪牙舟の艫《とも》に腰を下ろしたまま小声でいった。

ふだん、船宿よし野の船頭をしている銀次は、川並の穿くような足にぴったりした黒股引、黒の腹掛という身軽な格好をしていた。

舟は清水屋の前を流れる桟橋に着けてあった。西にかたむいた夏の陽が、銀次の浅黒い横顔を照らしている。

銀次は泥鰌屋の伊平から山岸屋の件をくわしく訊き、やはり清水屋が怪しいと感じた。伊平はひきつづき清水屋を洗うといっていたが、銀次も自分なりに探ってみようと思ったのだ。

「おまえさん、ずいぶん繁盛してるようだよ」

船梁に腰を下ろした小つるが、小声でいった。

小つるは、絽羽織《ろばおり》に格子縞《こうしじま》の単衣、海老茶《えびちゃ》の帯、素足に黒下駄という粋な格好をしていた。小つるは深川芸者だったが、亭主の銀次がよし野の船頭だったこともあり、ちかごろはよし野の専属のようになっていた。

このころ、深川芸者は三味線をもって料理屋に呼ばれ、芸のほかに体を売る者も多かったが、小つるだけは別格だった。よし野の主人が店を守ることを条件に、銀次とともに鳴海屋の雇い人であることを認め、自由な立場で客を選ぶことを許していたのである。

小つるのいうとおり、清水屋の店舗に店者や奉公人などが盛んに出入りし、活気に満ちていた。

「ちかごろは、山岸屋の得意先にも手をひろげているようだからな」

「清水屋が山岸屋をつぶすつもりで、徳五郎さんを手にかけたんじゃァないのかい」

小つるの言葉遣いには、男のようなひびきがあった。

「いき」や「いさみ」で売る深川芸者は、男のような口をきく者が多かったのだ。

「そうかもしれねえ。とにかく、清水屋を洗えば何か出てくるだろうよ」

銀次はそういって、店先に目をむけた。

それから、ふたりは小半刻（三十分）ほど、清水屋を見張っていたが、とくに目を引くようなことはなかった。

「おまえさん、そろそろ行こうか」

いつまでも、桟橋に舟をとめて見張っていては人目をひく。

銀次は小つるに、清水屋とできれば主人の利兵衛の顔を見せておこうと思い、よし野の舟でここまで来たのだ。

「ああ」

川面は残照を映じて、まだ明るかったが、土手際や通りの家並の軒先などには夕闇が忍んできていた。そろそろ引き上げるころあいだった。

銀次が艫に立ち、竿を使って、船縁を桟橋から離したときだった。

「おまえさん、だれか出てきたよ」

小つるが、通りの方に身を伸ばしていった。

見ると、店先から恰幅のいい男が何人かの奉公人らしき男を連れて出てきた。薄茶の羽織に同色の単衣、角帯。主人の利兵衛である。すでに、銀次は何度かここに来て、利兵衛の顔もおがんでいた。

「あいつが、利兵衛だ」

銀次は急いで、水押《みお》しを桟橋に着けて舟をとめた。

「どこかへ行くようだよ」

利兵衛は店先まで送って出てきた奉公人になにか冗談でもいったらしく、どっと笑い声がおこった。そのまま、ひとりだけ店先を離れて掘割沿いを歩いていく。

「後を尾けてみるか」

銀次が、竿を置いた。

「おまえさん、あたしが尾けるよ」

「駄目だ。その身装《なり》じゃァ目立つ。小つる、舟をよし野にまわしておいてくれ」

「分かったよ」

小つるは、女だが舟も漕げた。

「行くぜ」

そういい置いて、銀次は舟から桟橋へ飛び移った。

その銀次の背に、おまえさん、気をつけておくれよ、という小つるの声が追ってきた。銀次は振り返ってうなずいたが、足はとめなかった。敏捷な動きで桟橋から通りへと移り、すぐに小つるの視界から消えた。

利兵衛は仙台堀沿いの道を大川方面にむかって足早に歩いていく。銀次は半町ほどの間をとって、利兵衛の後を尾けた。

銀次は軒下闇や樹陰などに身を隠して尾けていく。尾行は巧みだった。銀次の黒装束は闇に溶けて、輪郭すら識別できない。

利兵衛は仙台堀にかかる海辺橋のたもとを左手にまがり、寺院のつづく通りを黒江町のほうへ歩いていく。

……野崎屋《のざきや》か。

利兵衛が入っていったのは、黒江町の老舗の料理屋だった。富岡八幡宮の一ノ鳥居にちかい表通りに面した店で、江戸でも名の知れた高級店である。

銀次は店の者にでも利兵衛のことを聞いてみようと思い、裏手にまわってしばらく隣家の板塀の陰で待ってみたが、話の聞けそうな者は出てこなかった。

翌朝、銀次はふたたび野崎屋に出かけ板塀の陰に身をひそめた。一刻（二時間）ほど待つと、すこし腰のまがった老齢の男が出てきた。水の入った小桶を持っている。下働きの者だろう。

「爺《じい》さん、野崎屋の者かい」

銀次が近寄って声をかけた。

「へえ、そうだが」

男は怪訝そうな顔を銀次にむけた。

「昨夜、清水屋の旦那が店に入るのを見たんだが、よく来るのかい」

銀次が訊くと、男は皺の多い顔に警戒の色を浮かべた。銀次の身装は船頭のものだが、町方の手先とでも思ったらしい。

「知らねえなァ」

男は無愛想にいい、道端の溝《どぶ》に小桶の汚れた水を捨てた。洗い物でもした水を捨てに来たようだ。

「なに、おれは川並でな。いまのところが左前なのよ。それで、ちかごろ羽振りのいい清水屋に使ってもらおうかと思ってよ」

そういうと、銀次はふところの巾着から銭を出して男の手に握らせてやった。川並というのは嘘だが、銀次の格好はそのようにも見える。

「そうけえ、清水屋さんなら、食いっぱぐれはねえだろうよ」

銭を握って、男はとたんに愛想がよくなった。

「それで、店にはよく来るのかい」

「ああ、十日に一度くれえはなァ。だがよ、おれは清水屋の旦那と話したこともねえから、おめえさんのことを紹介してやることはできねえぜ」

男は握りしめた銭をふところに入れ、愛想笑いを消していった。

「分かってるよ。いい旦那なら、おれがじかに店にいって頼まァ。それで、ひとりで飲み食いしたわけじゃァねえだろう」

「いつも、三、四人いっしょのようだな」

「昨夜は、だれといっしょだったい」

「ひとりは両国の守蔵屋さんで、もうひとりはお武家さまだったが……」

「守蔵屋というと、献残屋《けんざんや》か」

銀次は、宗二郎が守蔵屋繁市の名を口にしていたのを思いだした。たしか、利兵衛とともにお吉を浜膳に呼んでいた馴染み客のひとりである。その浜膳は、野崎屋と数町離れた深川の門前仲町にあった。

……妙なとりあわせだな。

と、銀次は思った。

材木問屋と献残屋と武家が、いっしょに料理屋で酒を酌み交わしたというのだ。

「でもよ、そんなこと訊いてどうするんだ」

男は不審そうな顔をした。銀次の問いが、町方の探索のような内容だったからであろう。

「なに、清水屋の旦那がだれと懇意にしてるか知りてえのよ。いま、おれが働いてる店の旦那と親しくしてたら、まずいだろうが」

「そうだが……」

「ところで、お武家もいっしょとは驚いたな。で、だれだい。旗本かい」

「おれには分からねえ」

「いつも、お武家といっしょか」

「いや、三度に一度ほどだな」

「やっぱり、綺麗どこを呼ぶんだろうな」

「ヘッヘへ……。馴染みの羽織《はおり》がいるらしいぜ」

男は目尻を下げ、口元に卑猥な嗤《わら》いを浮かべた。羽織とは、羽織芸者と呼ばれた深川芸者のことである。

「なんてえ、名の羽織だい」

「豆菊《まめぎく》とかいったな」

「豆菊な」

銀次は、小つるに訊けば分かるだろうと思った。

豆菊に訊けば、様子が知れるだろうと思い、銀次は男に礼をいって別れた。

5

「豆菊なら知ってるよ」

小つるによると、豆菊は春富《はるとみ》の抱えの芸者だという。春富は門前東町にある置屋《おきや》である。

「その豆菊に会って、話を訊きたいんだがな」

「任せておきな。春富の旦那に話して、よし野に来てもらうから」

小つるは春富の主人とは懇意にしてるし、豆菊とも顔見知りだという。

その日、陽が落ちるころ、小つるがよし野の離れに豆菊を連れてきた。小つるよりも若く、まだ十八、九に見えた。その名のとおり、色白の小柄な女で、なかなかの美形である。紹羽織《ろばおり》に小紋《こもん》の単衣《ひとえ》、赤い蹴出《けだ》しから白い素足がのぞき、なんとも色っぽい。

「豆菊ともうします。小つる姐《ねえ》さんには、お世話になっております」

豆菊は畳に指先をついて挨拶した。

「気を使わなくていいんだよ。こっちにいるのが、あたしの旦那」

小つるは、脇にいる銀次の方に顔をむけた。銀次は、よろしくな、と小声でいっただけである。

「それでね、訊きたいことがあって来てもらったんだよ」

小つるが、話を切り出した。すでに、銀次と打ち合わせてあって、小つるが訊くことになっていたのだ。

「昨夜、野崎屋さんに呼ばれたろう。清水屋さんの席だね」

「はい……」

豆菊は不安そうな顔をした。何を訊かれるか、心配しているようだ。

「清水屋さんに悪い噂があってねえ。……鳴海屋さんに頼まれて、念のために訊くだけさ」

小つるは、鳴海屋の仕事であることを臭わせた。豆菊は、小つるが鳴海屋にかかわっていることは知っていたので、それだけ話せば察するはずだった。

「いっしょの客は、両国の守蔵屋さんとお武家と聞いてるが、ほんとかい」

「…………」

豆菊は無言のままうなずいた。

「そのお武家の名は」

「たしか、室田さまとか」

豆菊が小声でいった。自信のなさそうな物言いである。

「旗本かい」

「いえ、牢人で、かなり年寄りだったよ」

豆菊は男のような言い方をした。深川芸者らしい言葉遣いである。すこし、気持が落ち着いたのかもしれない。

「年寄り……」

「もう還暦にちかいよ。……強そうな人でね。びっくりするほど腕や首が太かった」

豆菊は目を剝いて、すこし声を大きくした。

そのとき、ふたりのやり取りをきいていた銀次が、

「そいつは、柔術を遣うといってなかったか」と、訊いた。

銀次は、伊平が老齢の首や腕の太い男に投げられたと話していたのを思い出したのであ

る。

「そんな話はしてなかったね。……ただ、あたしが、力持ちのようだというと、いっしょにいた利兵衛さんが、相撲取りでも投げ飛ばしますよ、といってたけど」

「柔術遣いだな」

伊平を襲ったのは室田ではないか、と銀次は思った。

……三人とも、ただの鼠じゃァねえ。

室田が伊平を襲った柔術遣いなら、山岸屋徳五郎と若松の清右衛門を殺したのも室田ということになるのだ。その室田が繁市や利兵衛といっしょに飲んでいたのである。銀次は、三人の関係を探ってみる必要があると思った。

「それで、清水屋さんたちは何を話してたんだい」

小つるが訊いた。

「大川の涼み船のこととか、両国広小路の見世物小屋のこと。それに、吉原の花魁の話など……」

「ほかには」

「あたしには、よく分からなかったけど、材木の相場や木曾の檜《ひのき》の話」

豆菊は首をひねりながらいった。

どうやら世間話のようである。ただ、材木問屋と献残屋と柔術を遣う老齢の武士が同席して、世間話しかしないというのはかえっておかしい。

銀次がそのことを訊いてみたが、豆菊は首をひねるばかりだった。

それから、さらに三人のことを訊いてみたが、豆菊からそれ以上のことは聞き出せなかった。

豆菊を帰した後、銀次は、

「しばらく、清水屋と守蔵屋を尾けてみるぜ」

と小つるにいい置いて、離れから出ようとした。

ふたりを尾ければ、かならず室田にも接触するだろうし、三人のかかわりも見えてくるような気がしたのである。

「おまえさん、室田という男に近付かない方がいいよ。伊平さんを投げたのは、そいつだよ」

小つるが、こわばった顔でいった。小つるも、室田が山岸屋と若松の主人殺しにかかわったことを察知したようだ。

6

宗二郎は小石川伝通院の表門の前を歩いていた。小石川表町である。ちかくに気楽《きらく》流柔術の八木《やぎ》道場があると耳にし、来てみたのだ。

気楽流は柔術、居合、棒術、十手、薙刀などの総合武術を伝える流である。戸田流、無敵流、疋田《ひきた》流などの奥義をきわめた飯塚臥竜斎《いいづかがりゆうさい》なる者が、諸流をまとめて一流とし、後世に伝えたとされているが、はっきりしない。

道場主は八木典膳《やぎてんぜん》と聞いていた。右手に寺院のつづく通りをしばらく歩いてみたが、道場らしき建物は見つからなかった。小石川表町から陸尺町にかけての表店をまわって訊くと、八木は御家人で、自邸の庭を道場にしているとのことだった。

教えられた屋敷に行ってみると、八木は在宅していた。

宗二郎が父、剛右衛門の名を出して、

「柔術のことについて、お教えねがいたい」

と丁重に頼むと、剛右衛門のことを知っていた八木は、

「されば、道場で話をうけたまわろうか」

と、いって庭へ案内した。

道場といっても、縁先の庭の三間四方ほどが踏み固めてあるだけだった。縁側の奥の板張りの部屋に、木刀、薙刀、棒など、さまざまな武器が置いてあった。そこが、武器置き場と着替えの間になっているらしい。

「これだけの道場でござってな。門人は、十人ほどしかおらぬ」

八木によると、上州高崎藩の家臣から気楽流を学び、いまは近所の御家人の子弟に教えているという。

「それで、何を知りたいのでござる」

八木が訊いた。

「実は、拙者の所縁の者がならず者に襲われたとき、通りかかった柔術の遣い手に助けられたのです。お会いして、一言お礼を申し上げたいと思い、探しておるのですが」

宗二郎は適当にいいつくろった。

「名は」

「それが、分からないのでござる。還暦にちかい老齢だが、がっしりした体軀のお方とか」

このとき、宗二郎は銀次から話を聞いていなかったので、室田の名は知らなかった。

「それだけでは、分かりませぬな。……ただ、当流の者でないことはたしかでござる。江戸で当流を学ぶ者はこの道場の者だけだし、わしより年寄りはおらぬからな」

八木は五十がらみだった。まだ、老齢といった歳ではない。

「されば、ほかにも柔術の道場はござろうか」

「そうよな。牛込御門ちかくにある渋川《しぶかわ》流の長沼《ながぬま》道場。それに、下谷に関口流の矢貝道場があるが、いまはあまり柔術の稽古はしていないと聞く。長沼道場を訪ねられたらいかがかな」

八木は長沼道場の場所や道場主の長沼宗紀《むねとし》のことなどを簡単に話してくれた。

それによると、渋川流柔術は紀州の関口流に学んだ渋川伴五郎《ばんごろう》なる者が創始した流派で、長沼は江戸で安芸国、広島藩の家臣からこれを学び、牛込に道場をひらいたという。やはり、柔術のほかに剣術、薙刀、棒術、十手術なども教えているとのことだ。

「かたじけのうござる」

宗二郎は八木に頭を下げ、庭から枝折り戸を押して通りへ出た。

まだ陽は高かったので、そのまま教えられた長沼道場へ行ってみた。すでに、この日の稽古は終わっていて、道場内はひっそりとしていた。道場は板張りで、板壁には木刀、薙刀、棒などが掛けてあった。

長沼は四十半ば、長身の偉丈夫だった。体に厚い筋肉がつき、武術の達人らしい鋭い目をしていた。

宗二郎が八木に教えられて来たことを伝えると、長沼は機嫌よく道場内に招じ入れてくれた。

「八木どのは息災でござるかな」

いかめしい外見に似合わず、長沼の物言いはやわらかかった。長沼の口振りから、八木との親交があったことがうかがえた。

「八木どのは、いまも門人を集めて稽古をつけておられます」

「それは、それは」

長沼は目を細めた。そして、微笑を消すと、宗二郎に鋭い目をむけ、それで、何を知りたいのでござるかな、と訊いた。

宗二郎は、八木に訊いたことを繰り返した。

「名が分からぬのではな。……老齢で、無腰か」

長沼は該当の人物を記憶から探そうとするように、しばらく虚空に視線をとめていたが、

「脇差も帯びておらなかったのか」

と、宗二郎の方に顔をむけて念を押した。

「いかにも」

「うむ……。当流に、該当するような仁はおらぬな。あるいは、以前、矢貝道場にいた室田

恭八郎どのではござらぬかな。ここ、十年ほど、会ってはおらぬが」

長沼が声を落として話した。顔が曇り、哀れむような目をしていた。

室田は矢貝道場が神田花房町にあるころ門人だった男で、とくに柔術に長け、無腰で歩く

ことが多かった。歳は還暦にちかいが、首や腕の太いがっしりした体軀の主だという。

宗二郎は長沼の哀れむような目が気になり、

「その室田というご仁だが、何かありましたか」と訊いた。

「いや、くわしいことは知らぬが、不幸が重なりましてな」

そう前置きして、長沼が話し出した。

それによると、室田は嫁をもらい五十石の御家人の家を継ぎ御徒衆となって、矢貝道場をやめたという。その後、数年つつがなく暮らしていたが、酒席で組頭にからまれた折、咄嗟に柔術で投げてしまったという。軽く投げたつもりだったが、組頭は柱に頭を打ち付けて死んでしまった。

この非を咎められ、改易となって俸禄を失い浪々の身となった。これを悲観し、老母が自害し、さらに後を追うように妻女も短刀で喉を突いて果てたという。

「室田どのは、いまも矢貝道場に」

宗二郎が訊いた。そのような悲惨な境遇におかれれば、殺しに手を染めるような気になるかもしれないと思ったのである。

「さて、どうかな。矢貝道場のことはくわしくないのでな。わしが知っているのは先代の矢貝織部どののころで、子息の毅之助どのが道場を継ぎ、寛永寺の南にあらたな道場をひらいてからは、まったく行き来がなくなったのでな」

長沼の顔にかすかに揶揄するような表情が浮いた。いまの道場主には、いい印象をもっていないのかもしれない。

宗二郎は長沼に礼をいって、道場を出た。通りの両側は御家人や小身の旗本の屋敷がつづいていたが、ひっそりとしていた。陽が西にかたむき、通りを家並の影がおおっている。

宗二郎は長沼から聞いた矢貝道場を訪ねるつもりだったが、寛永寺の南側の仲御徒町に足を踏み入れたころは、町筋は暮色につつまれていた。

長沼の話だと、矢貝道場は辻番所のある通りから一町ほど行った右手角にあるとのことだった。その場所へ行ってみると、道場らしい建物があった。通りから少し入ったところに狭い玄関があり、板壁の高い位置に武者窓がある。

夕闇につつまれ、森閑として物音ひとつしない。道場の奥に母屋らしき建物があったが、そこからも灯《ひ》は洩れていなかった。

……明日にするか。

宗二郎も、日が暮れてからの訪問には気がひけた。

その日はそのまま道場の前を通り過ぎ、入船町の甚助店にもどった。

7

「旦那、そいつだ」

宗二郎から話を聞いた佐吉が声を上げた。

朝方、ひょっこりと佐吉が甚助店に顔を出したのである。

「佐吉は、室田のことを知っているのか」

「銀次さんから聞きやしたんで」

佐吉によると、昨日鳴海屋に立ち寄ったおり、顔を出した銀次から室田の名を聞いたという。佐吉はヒキとして、ときおり鳴海屋に足を運んで連絡を取り合っているので、そのとき銀次と会ったのだろう。

「すると、室田は、料理屋で守蔵屋繁市や清水屋利兵衛と会っていたというのか」

宗二郎が訊いた。

「へい」

「おぼろげながら、一味のつながりが見えてきたようだな」

繁市と利兵衛はお吉を贔屓にしていたし、利兵衛は山岸屋ともかかわりがあった。徳五郎と清右衛門殺しにかかわりありそうな男たちが、室田とつながっているようなのだ。

「旦那、どうしやす」

「室田を捕らえて、口を割らせればはっきりするだろうが、銀次と伊平も室田を追っているのではないのか」

「そのようで」

「となると、一度ふたりと会って打ち合わせねばなるまい。おれだけ、勝手に動いて銀次たちの網にかかった獲物を横取りしても悪いからな。……佐吉、ふたりとつないでくれるか」

「今夜にも会えるようにしやすぜ」

佐吉は腰を下ろしていた上がり框から立ち上がろうとした。

「ところで、佐吉、何か報《し》らせがあって来たのではないのか」

宗二郎が訊いた。

「そうそう、お吉のことですがね」

そういって、佐吉は腰を落ち着け、どうやら、男がいるらしいんで、といい添えた。

「ほう、男がな」

宗二郎は驚かなかった。若松の主人とはいえ、殺された清右衛門は四十代後半である。売れっ子芸者だった若いお吉に別の男がいても不思議はないのだ。

佐吉によると、七ツ（午後四時）ごろ、お吉がひとりで若松を出たので、後を尾けてみると、柳橋の萩乃《はぎの》屋《や》という出会茶屋の前で男と落ち合い、そのまま店に入っていったというのだ。

「相手は」

「それが、分からねえんで。暗がりで、その上ちらっと後ろ姿が見えただけでしてね。大店の旦那ふうでしたが……」

「繁市か、利兵衛かもしれんな」

ただ、それだけで決め付けるわけにはいかなかった。

「いずれにしろ、お吉に情夫《いろ》がいたとなると、清右衛門殺しの理由ははっきりする。お吉は清右衛門が邪魔だったのだ。清右衛門さえいなければ、若松も手に入るし、情夫と気がねなく楽しむこともできるからな」

「ですが、旦那、店の奉公人とお吉が襲われてますぜ」

「そのことだが、奉公人とお吉を襲ったのは、町方やおれたちの目をあざむくためではないかな。佐吉、考えてみろ。清右衛門だけ殺されたら、すぐにお吉に疑いがかかるだろう。それを避けるために、若松に恨みを抱いている者がやったようにみせたのだ」

推測だが、まちがいないだろう、と宗二郎は思った。

「すると、入船町で襲われたのは狂言だったのか。あの女《あま》め。旦那、お吉をふんじばって口を割らせますかい」

佐吉が怒ったような口調でいった。

「それはできん。お吉がやったという証《あかし》はなにもない。それに、お吉が襲われたとき、助けたやつもいるのだ」

「房造で」

「そうだ。ともかく、お吉が逢引してる相手をつかむことだな」

下手にお吉に手を出せば、こっちが町方に疑われるだろう。

「分かりやした。男の尻尾は、あっしがかならず」

そういって、佐吉は腰を上げた。

その夜、宗二郎は佐吉とともに鳴海屋に足をむけた。いつもの二階の座敷に文蔵のほかに、銀次、伊平、小つるが顔をそろえていた。

宗二郎と銀次から話を聞いた文蔵は、

「どうやら、徳五郎さんと清右衛門さんを殺《や》ったのは、室田という男のようですな」

そういって、細い目をひからせた。

「室田は殺し屋にちがいねえ。室田を殺れば、始末がつきますぜ」

伊平が声を上げた。

「どうですかな。お吉、清水屋、守蔵屋もからんでいるようだし、宗二郎さんたちを襲った武士もいる。室田は、殺し屋のひとりにすぎないかもしれませんよ。下手に室田を始末してしまうと、かえって一味の正体がつかめなくなる恐れもあります」

文蔵は抑揚のない声でいった。

「おれもそう思う。殺し屋は室田のほかにもいるし、殺し屋たちを束ねている元締がいるはずだ。室田を殺っても、始末はつくまい」

宗二郎がいった。

「室田を尾けて、仲間の正体をつかめばいいんだよ」

小つるが声をはさんだ。銀次はその脇で、黙って聞いている。

「そうですな。室田、お吉、それに清水屋、守蔵屋。それぞれ洗ってみる必要がありそうだが、まず、室田が先でしょうな。それで、室田の居所は知れてますんで」

文蔵が訊いた。

「いや、まだだ、おれのつかんでいるのは、室田が下谷の矢貝道場にかかわりがあるということだけだ」

「そうですか。……では、宗二郎さんには引き続き、矢貝道場からたぐってもらいますかね。銀次さんは、野崎屋の筋からお願いしましょうか」

文蔵が宗二郎と銀次に目をやりながらいった。

宗二郎は承知したと答え、銀次は無言でうなずいた。

そのとき伊平が身を乗り出し、室田の住家《すみか》が知れたら、おれに伝えてくれ、と昂《たかぶ》った声でいった。

「おれに、室田を尾けさせてくれ。やつには借りがあるんだ。何かしねえと、おれの気持がおさまらねえ」

伊平は、晒をまいた左腕を右手でさすりながらいった。すでに、当て木がとれているようだったが、まだ晒を解くわけにはいかないようだ。

伊平にすれば、このままでは始末人としての顔がたたないのであろう。

「分かった。そのときは、伊平に知らせよう」

宗二郎が約束すると、銀次もうなずいた。

8

「孫八、来たぞ」

宗二郎が、通りから矢貝道場の玄関先へむかう大柄な男を指差した。

ここ三日、宗二郎は伊平のヒキをしている孫八を連れて、矢貝道場を見張っていた。そして、今日、老齢の室田らしき男が道場へ入って行くのを目撃したのである。

「すぐに、伊平を連れてきてくれ。室田かどうか、確かめたい」

伊平は襲われたとき相手の顔を見ていたので、見れば室田かどうかはっきりするだろう。いま、伊平は清水屋を見張っているはずだが、急げば室田らしき男が道場から出る前に駆けつけることができるはずだ。

「へい」

孫八は走り出した。

道場からは木刀を打ち合う音にまじって、ときどき床に体をうちつけるような大きな音がした。剣術にくわえ柔術の稽古もしているようだった。

伊平は間に合った。

「旦那、やつはまだなかに」

荒い息を吐きながら、伊平が訊いた。

「まだだ」

室田らしき男は、まだ道場から姿をあらわしていなかった。

それから、小半刻（三十分）ほどしたときだった。室田らしき男が道場から姿をあらわした。ひとりではなかった。白髪白髯の老齢の男がいっしょに出てきた。武士らしいが、袖無しに軽衫という隠居のような身装《みなり》だった。宗二郎たちは知らなかったが、根岸夢斎である。

「やつだ！　おれを投げ飛ばした男だ」

伊平は声を押し殺していった。やはり、室田のようだ。

宗二郎たちは、道場の斜前にある武家屋敷の築地塀の陰から見ていた。その三人の前を室田と根岸が談笑しながら歩いて行く。

「旦那、ここから先はあっしにまかせてくだせえ」

伊平が小声でいった。伊平の目がひかっている。始末人らしい目である。

すでに陽は落ち、町筋を夕闇がつつみ始めていた。伊平は黒の半纏に股引という闇に溶ける格好をしていた。左手に巻いた晒も半纏の袖のなかに隠れている。尾行だけなら、相手に気付かれる恐れはないだろう。

だが、そのとき宗二郎は、

「待て、おれも行く」

と、強い口調でいった。

室田といっしょにいる男が気になったのである。大刀を帯びているので、武士であろう。飄然と歩いている姿はいかにも頼りなげな老爺であった。だが、うらぶれた老骨にもかかわらず、どことなく毅然としたものがあり、腰も据わっているのだ。

……名のある剣客かもしれぬ。

と、宗二郎は思った。そして、このふたりを伊平と孫八だけで尾けるのは危険だと感じたのである。

「もうひとりの年寄りが気になる。おれも行こう」

そういうと、宗二郎は築地塀の陰から通りへ出た。

室田と根岸は半町ほど先を歩いていた。下谷練塀小路《ねりべいこうじ》の方にむかっていく。通りの両側は、御家人と小身の旗本の屋敷がびっしりと軒をつらねていた。暮れなずむ家並の遠近《おちこち》から子供や女の声が聞こえ、夕餉の支度のためらしい炊飯の煙の立ち上ぼるのが見えた。

宗二郎は、伊平と孫八からさらに五、六間ほど後ろから尾けた。尾行は伊平たちの方が巧みである。念のため、宗二郎は伊平たちの後を尾けることにしたのである。

室田と根岸は何やら話しながらゆっくりと歩いていく。ふたりは練塀小路を過ぎたところで、右手にまがった。

その路地は狭く、ひっそりとしていた。その路地に踏み込むと、急に辺りが暗くなったように感じられた。通りの両側に大身の旗本屋敷がつづき、敷地内の鬱蒼とした樹木が地面に濃い影を落としていた。

そのとき、武家屋敷の築地塀に身を寄せて尾けていた伊平と孫八の足が急に速くなった。見ると、伊平たちの前方に室田しかいない。

宗二郎は駆け出した。伊平たちは、築地塀の角で立ちどまっていた。そこは岐路になっていて、左手にも路地がつづいていた。

「どうした、伊平」

「旦那、もうひとりがあっちへ」

伊平が左手の路地を指差した。

見ると、軽衫姿の老武士が足早に遠ざかって行く。ふたりはこの岐路で分かれたようだ。

「おれは、こっちを尾ける」

宗二郎は室田を伊平たちにまかせ、自分は軽衫姿の老武士の正体をつきとめようと思った。

「それじゃア、あっしらは室田を」

そういい置くと、伊平と孫八は急ぎ足で室田の後を追った。

宗二郎は遠ざかっていく老武士の姿を見失うまいと小走りになった。辺りを暮色がつつみ始め、物陰などに入るとその後ろ姿が見えなくなるのだ。

……妙だな。

と、宗二郎は思った。ひとりになって、急に老武士の足が速くなったのだ。しかも、意識して宗二郎から逃げようとしているように感じられた。

そして、一町ほど歩いたとき、ふいに老武士が角をまがり、別の路地に入った。宗二郎は走り出した。ここで、老武士を見失いたくなかった。まがり角までくると、老武士はさっきとほぼ同じ距離で前を歩いていく。ということは、宗二郎が走った間老武士も走ったことになる。

それから半町ほど行くと、今度は右手の路地にまがった。

……あやつ、おれの尾行に気付いている。

宗二郎は察知した。

しかも、老武士は尾行をまこうとしているのではなかった。宗二郎をどこかに連れて行こうとしているように思われた。伊平たちと宗二郎を引き離そうとしているのではないか。ふたりは宗二郎たちが始末人であることを知っているのかもしれない。

……伊平たちがあぶない！

伊平たちと宗二郎を別々にし、戦える場所に誘い込んで討つつもりではないか。

すぐに、宗二郎は反転した。角をまがった老武士には、しばらく宗二郎の姿が見えない。宗二郎が、伊平たちの後を追ったことに気付くまで間があるはずだ。

宗二郎は走った。伊平と孫八があぶない。

そのとき、伊平と孫八は室田を尾けていた。しだいに武家屋敷がまばらになり、空地や笹藪などが多くなってきた。どういうわけか、室田は屋敷のすくない寂しい通りを選ぶように歩いていく。

「室田が消えた！」

ふいに、孫八が喉のつまったような声をもらした。

前を歩いていた室田の姿が、夕闇のなかにかき消えたように見えなくなったのだ。

「藪の陰に路地があるのかもしれねえ」

伊平は走り出した。

室田は道の右手にある笹藪のそばで姿を消したのだ。笹藪のむこうに路地があり、そこをまがれば消えたように見えるだろう。

伊平と孫八が、笹藪のそばまで走って来たときだった。突如、ザワッ、と笹を分ける音がし、黒い人影がふたりの眼前に飛び出してきた。室田である。

咄嗟《とっさ》に伊平が背後に跳び、孫八は勢いあまって室田の左手へまわり込んで足をとめた。

「やはり、おまえか」

室田は睨むように伊平を見つめた。

「室田、あんときの借りを返《けえ》してやるぜ」

伊平は逃げなかった。右腕は自由になる。泥鰌針は遣えるのだ。それに、ひとりではない。孫八もいた。伊平の脳裏を、ふたりなら戦える、との思いがよぎったのだ。

「町人、こんどは息の根をとめてやるぞ」

室田が両手を伸ばして、伊平に迫ってきた。獣が獲物に飛びかかるような凄まじい突進である。

「ちくしょう！」

伊平は手甲から泥鰌針を引き抜いた。

そのとき、孫八もふところから匕首を抜いて身構えていた。孫八には恐怖心がなかった。相手が素手だったからであろう。

室田が伊平の襟に右手を伸ばそうとしたとき、脇から孫八が飛び込み、匕首を室田の脇腹めがけて突き出した。

「手向かうか！」

叫びざま、室田が左手を払った。

剛腕が孫八の突き出した手首に当たり、握っていた匕首が虚空に撥《は》ね飛んだ。体勢をくずした孫八は、たたらをふむように泳いだ。

　室田は孫八にはかまわず、すばやい動きで伊平との間をつめると、今度は右袖をつかもうと腕を伸ばしてきた。巨獣のような迫力がある。伊平は泥鰌針を構えたまま後じさった。室田の迫力に呑まれ、恐怖に顔がひき攣《つ》っている。

「孫八、逃げろ！」

　伊平が叫んだ。頭のどこかで、このままではふたりとも殺《や》られると思い、孫八だけでもこの場から逃がそうとしたのだ。

だが、孫八は逃げなかった。蒼ざめた顔で匕首を構え、室田に立ち向かおうとジリジリと間をつめてきた。

9

……姿が見えぬ！

　宗二郎は、伊平たちと分かれた岐路から、さらに伊平たちが向かった通りを走ったが、その姿は見当たらなかった。

　通りはしだいに寂しくなり、空地や笹藪などがしだいに多くなってきた。夕闇が辺りをつつみ、遠方の視界は闇に閉ざされている。

どこか、細い路地へでも入ったのか、そう宗二郎が思ったときだった。ギヤッ、という絶叫が静寂を裂くようにひびいた。

姿は見えなかったが、前方である。宗二郎は駆けだした。半町ほど走ると、前方の笹藪のそばで、いくつかの人影が見えた。ひとりがうずくまり、ふたりが戦っている。怒号と呻き声が聞こえた。

戦っているのは、室田と伊平だった。伊平は、室田につかまれまいと必死に泥鰌針を揮い、激しく動いている。

走りざま、宗二郎は抜刀した。渋沢念流の『風走《かぜばしり》』を遣うつもりだった。風走は敵が複数の場合、敵の虚をつき一気に中心人物に走り寄って斃《たお》し、戦力をそぐのである。寄り身の迅さと、果敢な斬撃が命の技である。

宗二郎は八相に構えたまま疾風のごとく、室田に走り寄った。

その足音を聞き、室田が振り返った。薄闇のなかに、赭黒《あかぐろ》く紅潮し目をつり上げた室田の顔が仁王のように浮き上がった。

「うぬは、蓮見か」

室田が声を上げ、身構えた。

「渋沢念流、蓮見宗二郎」

名乗りざま、宗二郎は一気に斬撃の間へ走り込んだ。

室田はやや腰を落とし、顔の前に両腕を伸ばして身構えた。宗二郎の初太刀をかわし、ふところに飛び込むつもりのようだ。

イヤアッ！

裂帛《れっぱく》の気合とともに、宗二郎が八相から袈裟に斬り込んだ。

室田が脇へ跳んでこの斬撃をかわし、宗二郎の袖口をつかもうと踏み込んできた。

だが、宗二郎はこの動きを読んでいた。敏捷な体さばきでかわされた刀身の峰を返すと、逆袈裟に斬り上げたのである。

骨肉を断つ重い手応えがあり、室田の伸ばした右腕が虚空に飛んだ。截断《せつだん》された腕の切り口から、筧《かけい》の水のように血がほとばしり出た。

「お、おのれ！」

室田は血まみれになりながら、狂ったように突進してきた。

そして、左手で宗二郎の袂《たもと》をつかむと、強烈な腕力で引き寄せ体を密着させようとした。

そのとき、伊平が脇から室田に飛び付いた。

「死ね！」

伊平は泥鰌針を室田のぼんのくぼに突き刺した。

一瞬、室田はグッという喉のつまったような呻き声をもらし、硬直したようにその場につっ立った。目を剝き、あんぐり口をあけたまま棒立ちになっていたが、ふいに腰からくだけるように倒れた。

「だ、旦那、けりをつけましたぜ」

伊平の顔はこわばり体は顫《ふる》えていたが、双眸は燃えるようにひかっていた。やっと、始末人としてのけじめをつけたという思いがあるようだ。

うずくまっていた孫八が立ち上がり、よろよろと近寄ってきた。顔は苦痛でゆがみ、左手で胸のあたりを押さえていた。室田に投げられ、肋骨でも折ったのかもしれない。

「孫八、歩けるか」

宗二郎が訊いた。

「へい、足腰はなんともありやせん」

「よし、この場を引き上げよう」

宗二郎は、軽衫姿の武士が気になっていた。宗二郎がもどったことを知り、ここへ来るかもしれない。相手の正体が知れないうちは立ち合いをさけたかったし、手練であることも分かっていた。

三人は足早にその場を離れた。

それから小半刻（三十分）も経ったろうか。通りに軽い足音が起こり、濃い夕闇のなかに人影があらわれた。根岸である。根岸は何かを探すように左右に目をやりながら、室田が倒れているそばに近付いてきた。そして、路傍に倒れている室田の死骸に気付くと、足をとめた。

横たわった体の周囲は、どす黒い血に染まっていた。夜気のなかに血の濃臭がただよっている。

「なんということじゃ。始末されたのは、わしらの方ではないか」

根岸は、死骸に語りかけるような口調でいった。

ふたりが道場を出てしばらく歩いたとき、尾行者に気付いたのは室田だった。

「ふたり、いや、その後ろに、もうひとり……。前のふたりは、町人だな」

室田が小声でいった。

「鳴海屋の者か」

「そうらしい。前のひとりは、わしが投げ飛ばした男のようだ。わしを狙っているのであろう。うるさいやつだ」

「どうする、逃げるか」

「いや、後ろの武士の腕は分からぬが、前の男はたいしたことはない。いい機会だ。ここで討ち取ってくれよう」

「ならば、次の角で二手に別れよう。武士がわしを尾けてくれれば、討ち取るし、三人ともおぬしを尾けるようなら、わしは背後から攻めよう」

「それはよい」

ふたりは、そう言い交わして岐路で別れたのだ。

……わしが、もどるのが遅れたようだな。

根岸は室田の右腕が截断されているのに目をとめた。刀傷である。おそらく、武士が駆けもどって斬ったのであろう。

……手練のようじゃ。

室田は敵が刀を持っていても後れを取るような腕ではなかった。その室田の右腕を一太刀で斬り落としている。

「室田、わしが敵を討ってやるぞ」

根岸は声に出していった。

根岸は、いっとき夜陰を見つめたままその場にたたずんでいた。へちまのような顔に特別な表情はなかったが、細い目が獲物を狙う夜禽《やきん》のようにひかっていた。

第四章　献残屋

1

彦根の文蔵が、めずらしく船宿よし野を訪ねてきた。居合わせた小つると銀次が座敷に顔を出すと、文蔵は嬉しそうに目を細めて、ちょうど、ちかくを通りかかったものでね、といって、店の者にふたり分の酒肴も用意させた。

文蔵が銚子を持って、銀次に酒をつごうとすると、

「どうも、明るいうちは飲む気になれねえんで」

銀次は困ったような顔をして、首をすくめた。銀次は酒を飲むが、他人に酔った姿を見せるようなことはなかった。

「元締、代わりにあたしがごちそうになりますよ」

かたわらの小つるが、杯を文蔵の方に差し出した。宴席に座ることの多い小つるは、酒も強いし、客とのやり取りも巧みだった。寡黙でもの静かな銀次とは、正反対である。

「それでは、小つるさんとやりますかね」

文蔵は相好をくずしたまま小つるについでやった。

「あっしは、こっちをごっそうになりやす」

銀次は箸《はし》をとって、肴をつついた。

文蔵が小つるについでもらった酒を飲み干したところで、

「ところで、元締、何かありましたかい」

と、銀次が訊いた。文蔵が用もないのに、よし野へ来て小つるや銀次と酒を飲むようなことは考えられないのだ。

「ちょっと気になることがあって、銀次さんの力を貸していただこうかと思ってね」

文蔵が微笑を消していった。

「気になるとは」

「その前に、ちかごろ清水屋の方はどうです」

文蔵が訊いた。

「へい、室田を始末してからまったくなりをひそめてやして」

銀次は利兵衛を尾けまわしていたが、宗二郎たちが室田を仕留めてから利兵衛はほとんど店にこもりっきりだった。

「ただ、元締、山岸屋には三度も足を運んでおりますぜ」

「ほう、山岸屋にね」

文蔵はすこし目を大きくして驚いたような顔をした。

「どうも、利兵衛は山岸屋の身代を狙っているようなんで」

銀次は、お静と又次郎から利兵衛がなにしに来たか聞き出していた。当初は、山岸屋の身代をそっくり買取りたい、といってきたそうだ。

主人の徳五郎が死んだ後、山岸屋の資金繰りが苦しくなり、それを見越しての申し出だったようだ。

「ところが、お静さんは血相を変えて断った。なんとか山岸屋の身代を守ろうとしたようなんで」

「それで、利兵衛はどう出ました」

「利兵衛は、それなら、清水屋で当座の資金を援助するといいだしたそうで」

ところが、詳しく聞いてみると、材木の買い付けの資金を出すかわりに清水屋の番頭を店に入れ、経営をまかせて欲しいというのだ。

「これじゃァ、山岸屋さんを乗っ取ったのと同《おんな》じだ。お静さんは、これもつっぱねたそうでして。……ただ、店の窮状を察知して奉公人たちは動揺してるし、材木の買い付けを清水屋に替える得意先もいやしてね。それに、倅の又次郎がやわで、まったく頼りにならねえときてる。お静さんも、いつまでもつっぱっちゃァいられねえ」

銀次は低い声で話した。普段は寡黙であまり表に出たがらない銀次も、小つると文蔵が相手だと普通にしゃべる。

「利兵衛が、やっと本性を見せたということでしょうね。相模屋さんを手に入れたのと同じ手ですよ。当初から、利兵衛の狙いは、山岸屋さんの身代と得意先だったんでしょう。……山岸屋さんの大黒柱である徳五郎さんさえ始末すれば、山岸屋は手に入ると踏んだ上で、利兵衛が殺しを頼んだんですよ。だれに頼んだかはっきりしませんが、手を下したのは室田です」

「その室田を、蓮見さまたちが始末したんだろう。いっそのこと、利兵衛も片付けちまったらどうです」

銀次の脇で聞いていた小つるが口をはさんだ。すこし伝法だが、これが深川芸者としての小つるの物言いだった。

「それも手ですな。……ただ、わたしは利兵衛がだれに殺しを頼んだか気になってましてね。殺し屋をたばねているやつですよ。そいつを始末しねえと、本当のけりはつきません」

文蔵はそこで言葉を切り、膳の杯に手を伸ばして口をうるおした後、実は、そのことで、銀次さんに頼みがあるんですよ、と小声でいった。

「なんです」

「このところ、うろんな男がわたしの後を尾けてましてね」

「元締の」

銀次は驚いたような顔をして文蔵を見た。小つるも、箸をとめたまま文蔵を見つめている。

「わたしを狙ってるようでしてね」

文蔵が尾行者に気付いたのは、三日前だった。午後、月々二分の御守料をもらっている門前仲町の各店を見まわってこようかと、鳴海屋を出てしばらく歩いたときだった。

鳴海屋のちかくにある梅川《うめかわ》の竹垣のそばにうずくまっていた男が、ついと立ち上がり後を跟《つ》いてきたのだ。梅川は女郎を置いた切見世で、前の通りは男たちで賑わっていた。そうした男たちにまぎれていたので、長年始末屋の元締として生きてきた文蔵でなければ尾けているとは思わなかったろう。

男は細縞の着物を尻っ端折りし、雪駄履きだった。三十がらみ、頰のこけた目付きの鋭い男である。遊び人か博奕打ちか、まっとうな男ではないようだ。

文蔵は気付かぬふりをして、門前仲町を歩いていた。富岡八幡宮の参詣客や売女目当ての客などで、通りは賑わっていた。

……この通りで仕掛けてはこない。

と、文蔵は思っていた。

一ノ鳥居のちかくまで来たとき、文蔵はおとなしく尾行をつづけさせるのも癪だったので、ひとつ、正体をつかんでやりますかな、と悪戯っ気をおこした。

文蔵は一ノ鳥居をくぐったところで、ふいに表通りから右手の細い路地に入った。そこは、下駄屋、小間物屋、一膳めし屋などが両側にごてごてとつづいている通りで、文蔵は足を踏み入れるとすぐ、間口の狭い小間物屋に飛び込んだ。

通りから店内にいる文蔵の姿は見えない。後を尾けてきた男には、文蔵がどこへ行ったか分からないはずだ。

下駄の鼻緒のぐあいを見るふりをして通りに目をやっていると、姿をあらわした男は路地の入口のところで立ちどまり、文蔵の姿を探すように路地の左右に視線をはしらせた。そして、足早に歩きながら店のなかを一軒一軒覗いていく。

文蔵は店の奥に移り、表からでは見えない位置に身を隠した。男は文蔵のいる下駄屋の前を通り過ぎ、しばらく歩いたが、ふいに踵《きびす》を返すと足早に表通りの方へもどっていった。尾行をあきらめたようである。

文蔵は手にした下駄を置いて、店を出た。今度は文蔵が男を尾ける番だった。行き先さえつかめば、正体はすぐに知れる。文蔵は通行人の間を縫うようにして後を尾けた。

だが、細い路地から表通りに出たところで、文蔵の足がとまった。通りの左右に目をやったが、男の姿がないのである。

……なかなか、やるわい。

通りに軒をつらねる店のどこかへ入ったか、細い路地へ飛び込んだのか、今度は男が文蔵の尾行を予測してまいたのである。

……だが、これでただの鼠じゃァねえことがはっきりしたぜ。

文蔵は殺し屋の元締の手先だろうと思った。

そして、尾行をまいた翌日の夕方、また文蔵は尾行者の気配を感じた。伊庭屋《いばや》という船宿の主人から始末の依頼があり、店のある深川佐賀町まで出かけた途中だった。昨日、尾けてきた男が消えた一ノ鳥居ちかくで、何気なく文蔵は背後に目をやった。

……昨日のやつだ！

十間ほど後ろを、男が跟《つ》いてきていた。人混みのなかを、懐手をしてぶらぶらと歩いてくる。

文蔵はそのままの歩調で、伊庭屋まで歩いた。店先で振り返って見ると、すこし離れた酒屋の店先に立ってこっちを窺っている。

店に入ってから案内された伊庭屋の二階の座敷から障子をあけて通りを見ると、まだ男はそこに立っていた。

……帰りがあぶねえ。

と、文蔵は思った。

日中、賑やかな通りで襲うことはあるまいが、帰りは暗くなる。大川端で、待ち伏せているかもしれねえ、と文蔵は読んだ。

「それで、帰りは伊庭屋のあるじの繁次郎《しげじろう》さんに頼んで、猪牙舟《ちょき》を出していただきましてね。鳴海屋のちかくまで帰ったんですよ」

文蔵がいままでの経緯を話すと、黙って聞いていた銀次が、

「それで、あっしは何をすればいいんで」と、訊いた。

「いつまでも、尾けまわされているのもわずらわしいし、せっかく、相手が姿を見せてくれたんだからこの機会を利用しようかと思いましてね。……銀次さんに、その男の後を尾けてもらいたいんですよ」

文蔵は、今夕、伊庭屋にもう一度でかけるので、男があらわれたらその後を尾け、行き先をつきとめてもらいたい、といい足した。

「銀次さんは夜目が利く。暗がりで後を尾けさせたら、銀次さんにかなう者はいませんからね」

文蔵は目を細めていった。

銀次は鵺野ノ銀次と呼ばれている。鵺は、トラツグミの別称で、夜中に寂しい声で鳴く。そうしたことから、ヌエという言葉には、「得体の知れぬもの。正体を隠しているもの」と

の意味がある。

　まさに銀次は鵺のような男だった。夜禽のように夜目が利くだけでなく、その身辺には得体の知れぬ不気味さをただよわせていた。それに黒の半纏と細い股引で走る姿は、夜の闇を飛ぶ夜禽そのものであった。

「やりやしょう」

　銀次がつぶやくような声でいった。

2

　……やつだ！

　銀次は、直感した。

　梅川の竹垣の向こうの人混みのなかから男がひとり、スッと通りへ出てきた。文蔵から聞いていた三十がらみで、痩せた目付きの鋭い男である。その身辺に闇の世界で生きる者の持つ陰湿な雰囲気があった。

　鳴海屋を出た文蔵は、男の半町ほど先を歩いていた。男は通行人を利用して巧みに身を隠し、文蔵を尾けていく。

　その男を銀次が尾け始めた。尾行は楽だった。町筋を夕闇がおおい始めていたし、人通りも多かった。それに、男は前を行く文蔵に気を使っているらしく、背後にはまったく注意を払っていなかった。

先をいく文蔵は門前仲町を通り、一ノ鳥居をくぐって大川端に出た。突き当たった通りを右手にまがった先が佐賀町で、伊庭屋は永代橋のそばにある。

男はただ尾けていくだけである。もっとも、賑やかな通りなので襲うのはむずかしいのだろう。

文蔵が伊庭屋に入った。男は斜向かいの酒屋の角に立って、店先を見ている。いっとき、そうしていたが、その場を離れると、伊庭屋の裏手にまわった。そこは大川の岸辺で伊庭屋専用のちいさな桟橋があった。

男は桟橋に下り、舫ってある猪牙舟を見ていたが、すぐに通りへもどってきた。昨夜、文蔵が舟でもどったことを知って、その場を確かめたにちがいない。

桟橋を離れた男は、ふたたび酒屋の角にもどってきた。すると、通りを若い男がやってきて男のそばに近寄った。小太りの遊び人ふうの男である。

立っている男は何やら耳打ちし、小太りの男をそこに残すと、ふたたび裏手へまわった。見張りがふたりになった。

……いよいよ、やる気か。

今夜、仕掛ける気で見張りをふたりにしたのではないか、と銀次は思った。

だが、このことは文蔵も読んでいた。ひとりのところを襲われないよう策を講じていたのである。

文蔵が伊庭屋に入って半刻（一時間）ほどしたとき、裏口から棒縞《ぼうじま》の着物を尻っ端折りし、手ぬぐいで頰っかむりした男と町娘ふうの女が、身を寄せ合って出てきた。すでに辺りは夜陰につつまれている。伊庭屋の二階から洩れる灯《ひ》にぼんやりと浮かび上がったふたりは、人目を忍んで逢瀬を楽しむ男女に見えた。

ふたりはそのまま桟橋へ下り、舟に乗った。すぐに、店の裏口から船頭が顔を出し、舟に乗ると、舫い綱を外して大川へ漕ぎ出した。

実はこのふたり、文蔵と小つるだった。先に小つるを伊庭屋に来させておき、文蔵が身装《みなり》を変えて、ふたりして出て来たのである。

桟橋のそばの樹陰に身を隠して見張っていた男は動かなかった。女といっしょに大川を下って行く男が、文蔵とは思っても見なかったのであろう。

それから、男は一刻（二時間）の余も、樹陰に身をひそめていたが、出て来るのが遅いと感じたのか、店の裏口へまわって何やら声をかけた。顔を出した女中に文蔵のことを訊いたのであろう。男はいまいましそうな顔をして、酒屋の角へもどり、小太りの男に耳打ちした。文蔵がすでに店を出たことを知ったらしい。

すぐに小太りの男が、門前仲町の方に走りだした。瘦せた目付きの鋭い男は、大川端の通りを上流にむかって歩いていく。

……どっちを尾ける。

一瞬、銀次は迷った。

小太りの男は、どこかで待機している殺し屋にことの次第を告げに走ったのではないかと思ったのだ。小太りの男を尾ければ、殺し屋を尾けられるかもしれない。

だが、銀次は目付きの鋭い顔の男を尾けた。文蔵から、その男の行き先をつきとめてくれと頼まれていたからである。

すでに、町木戸のしまる四ツ（午後十時）ちかかった。大川端の道は、人影もなくひっそりとしていた。風があった。汀《みぎわ》に寄せる川波の音がざわめきのように聞こえてきた。十六夜の月が頭上で皓々《こうこう》とかがやき、足元に短い影を落としている。

銀次は川端の樹陰や町家の板塀の陰などに身を隠しながら尾けた。銀次の黒い衣装は闇に溶けている。月光に照らされた道を、銀次の姿が飛翔する鳥影のように横切ることもあったが、ほとんどその姿を見ることはできなかった。

男は足早に大川端を歩いていく。竪川にかかる一ツ目橋を渡り、両国橋のたもとまで来たとき、後を尾けている者がいないか確かめるように振り返った。そのとき、銀次は町家の軒下にいたが、濃い闇に溶けた姿をとらえることはできなかったようだ。

男は両国橋を渡った。そして、両国広小路に出ると左手にまがり、米沢町の町筋へ入っていった。

　この辺りは賑やかな通りなのだが、さすがにこの時刻になるとほとんど人影はなかった。ときおり、路地から酔客のわめき声や女のくぐもったような笑い声などが聞こえてくるだけである。

　男は米沢町に入って二町ほど歩いたところで、ふいに立ちどまった。そして、周囲に目をやった後、表店のくぐり戸からなかに消えた。

　それほど大きくはなかったが土蔵造りの店舗である。裏手には何をしまっておくのか、倉庫のような建物もあった。

　……献残屋か。

　看板に「献進諸物　守蔵屋」とあった。

　銀次は男が店舗のなかに入ったのを確認すると、身をひるがえし夜の帳《とばり》に沈んだ町筋を走り去った。

　翌日、銀次から話を聞いた文蔵は、

「やっと、相手の正体が見えてきましたな」

と、刺すような鋭い目をしてつぶやいた。

3

宗二郎は矢貝道場の玄関先に目をむけていた。道場の斜前にある武家屋敷の築地塀の陰に身を隠して、半刻（一時間）ほどになる。見張っていたわけではない。稽古を終えて話の聞けそうな門人が出て来るのを待っていたのだ。

宗二郎は、室田といっしょにいた老武士のことが気になっていた。室田と同様、矢貝道場とかかわりがありそうなので、迂闊に道場主に会って話を聞くわけにもいかなかった。そこで、門弟に当たってみようと思ったのである。

すでに稽古は終わっているらしく、気合や木刀を打ち合う音などは聞こえてこなかった。それから、いっときすると下駄の音がし、若い武士が数人姿をあらわした。門弟らしく、小袖に袴姿で木刀を手にしている者もいた。若い門弟たちにつづいて、ひとり大柄な武士が出てきた。歳は三十半ばであろうか。肩幅がひろく、どっしりとした腰をしていた。

……あやつ、どこかで出会ったような気がするが。

頤《おとがい》のはったいかにも武辺者らしい面構えの男だった。その顔には、見覚えがなかった。体付きだけ記憶してるのも妙だな、と思ったとき、宗二郎の脳裏に入船町で襲ってきた黒覆面の武士がよぎった。

あいつではないか、と思ったが、確信はなかった。体付きが似ているというだけでは、断定できない。

武士は玄関先で若い門弟たちとなにやら話していたが、しばらくするとまた道場の方にもどっていった。あるいは、稽古のことでも話したのかもしれない。

道場を後にした門弟は、五人いた。集団だと訊きづらいが、途中で別れるだろうと思い、宗二郎は塀の陰から通りへ出て門弟たちの後を尾けはじめた。

宗二郎が通りへ出て、半町ほど門弟たちを尾けたときだった。矢貝道場の玄関先から、もうひとり武士があらわれた。

木綿の筒袖に軽衫。根岸夢斎である。

根岸は宗二郎の姿を目にすると、後を尾けはじめた。通りにつづく武家屋敷の塀や樹陰などに身を隠しながら、尾けていく。

宗二郎は背後の根岸にまったく気付かなかった。

五人の門弟は、辻番所のある岐路で別れ、ふたり右手にまがり、三人がそのまま直進した。宗二郎は右手に道をとって、駆けだした。ふたりなら訊きやすいと思ったのだ。

「しばし、矢貝道場のお方ではござらぬか」

後ろから追いついて、声をかけた。

「そこもとは」

振り返った長身の武士が、怪訝そうな顔をして訊いた。二十半ばであろうか。こちらが年嵩のようである。もうひとりは、二十歳前後と思える小柄な武士だった。

「蓮見宗二郎ともうす者だが、矢貝道場には剣や柔術の達人が多くおられると聞き、入門して手解《てほど》きを受けたいと思ったのです」

宗二郎の言い方が唐突だったのであろう。ふたりの武士は微笑したが、不審そうな色は消えなかった。

「道場主は、矢貝毅之助どのでござろう」

かまわず、宗二郎は訊いた。

「いかにも」

「ご師範代は」

「三橋弥三郎さまだが……」

長身の武士が答えた。

「三橋どのは、大柄な腰の据わった方ではござらぬか」

宗二郎は、さきほど目にした大柄な武士を頭に浮かべて訊いた。

「そうだが……」

さっきの男は、師範代の三橋らしい。

「老齢だが、剣の遣い手もおられるな」

老武士の体軀から柔術ではなく剣の手練であろう、と宗二郎は思っていた。

「根岸夢斎さまかな」

どうやら、老武士の名は根岸というらしい。

「その根岸どのも、関口流でござろうか」

「いや、一刀流だと聞いているが」

「すると、矢貝道場には関口流にくわえ一刀流の達人もおられるのか。それで、ほかにも他流の方が？」

関口流は刀術だけでなく様々な武術を教授する。そのため、矢口道場には剣以外の武器の遣い手が集まっているのではないだろうか。宗二郎は様々な武術に長じた殺し屋が集まるには格好の場所ではないかと思った。

「ほかにはいない。後は門人だけだ」

長身の武士はそういうと、迷惑そうな顔をした。道端で面識のない者とこれ以上話したくないと思ったようだ。小柄の武士も宗二郎に背をむけて、歩きだしたいような素振りを見せた。

「いや、かたじけない。だいぶ、様子を知ることができた」

宗二郎は礼をいって、その場を離れた。それ以上、ふたりから訊くこともなかったのだ。

とりあえず、今日のところは深川にもどろうと思い、神田川方面にむかった。

すでに陽が沈み、家並を暮色がつつんでいた。神田川沿いの道はひっそりとし、帰路を急ぐ出職《でしよく》の職人やぼて振りなどが急ぎ足で通り過ぎて行く。

神田川にかかる和泉橋が前方に見える辺りまで来たとき、後ろから走ってくる足音が聞こえた。

……やつだ！

軽衫《カルサン》に筒袖姿。室田といっしょにいた老武士である。根岸夢斎であろう。

「待てい、蓮見」

根岸が声を上げた。どうやら、宗二郎のことを知っているようである。室田から聞いていたのかもしれない。

「根岸どのか」

「いかにも、根岸じゃ」

根岸はおよそ三間の間合をとって足をとめた。すこし背を丸め、両腕をだらりと垂らしている。飄然と立った姿は、どこから見ても頼りなげな老爺である。ただ、宗二郎を見つめた双眸だけは、刺すようにひかっていた。

4

「何用で、ござろう」

宗二郎は刀の鯉口《こいぐち》を切った。根岸に戦いを直前にした昂《たかぶ》りは感じられなかったが、立ち合う気でいることはまちがいない。

「用があるから、追って来たのじゃ。蓮見、わしと立ち合え」

根岸は静かな物言いをしたが、威圧的なひびきがあった。

「おぬしも、室田と同じ、金ずくで人を斬る一味か」

「そのようなことはしらぬ。わしも室田も老いてさ迷う風来人。せめて、わしが敵を討ってやらねば、室田もうかばれまいて」

根岸は自嘲するように口元をゆがめた。

「うぬが室田の一味でないなら、斬り合う気はないな」

宗二郎は柄に添えた右手を下ろした。

「そうはいかぬ。どうあっても、立ち合ってもらわねばな」

根岸はわずかに腰を沈めて、抜刀した。

だが、ゆらりと立ったまま構えようとしなかった。右手の刀は、切っ先を下げたままである。

「一刀流か」

「流などない。風来人の剣じゃ」

根岸はそのままゆっくりと間をつめてきた。殺気がない。その姿から覇気すら感じられない。顔もおだやかで、ただ親しげに歩み寄ってくるように見えた。

……隙《すき》だらけだ。

宗二郎には根岸が無防備に見えた。いつでも斬れそうだった。

「ご老体、遠慮なくいくぜ」

いいざま、宗二郎は抜刀した。

「望むところ」

根岸は表情すら変えず、スタスタと歩み寄って来る。

そして、無造作に一足一刀の間境を越えた、その刹那、宗二郎は青眼から振りかぶり、根岸の頭上へ鋭く斬り込んだ。

……斬った！

と感じた。が、ひょいと根岸が脇へ跳ねていた。宗二郎の切っ先はむなしく空を切る。

迅《はや》い！　しかも、根岸は宗二郎の斬撃を見切り、肩口からわずか一寸ほどのところで刀身をかわしていた。神技といえる体さばきである。

宗二郎は弾かれたように飛びすさった。鳥肌がたち、体が顫《ふる》えた。

……できる！

予想以上の遣い手だった。しかも、今まで目にしたこともない玄妙な剣である。ひょい、ひょいと根岸の体が上下していた。踊るようにちいさく足踏みしているのだ。刀身はだらりと下げたままである。飄《ひょう》げているように見えた。

……これが、根岸の構えだ！

根岸は小刻みに動きながら、敵の心の動きを読んでいた。しかも、微妙に前後に動いて敵との間をはかっている。

宗二郎は青眼から切っ先を根岸の目線につけた。鱗返しを遣うつもりだった。陽は沈んでいたが、西の空に残照があり、かすかなひかりを反射《はね》ることはできるはずだった。

「渋沢念流、鱗返し」

宗二郎が口にすると、根岸は軽妙な動きのまま、

「わしのは、風来の剣とでもいおうかのう」

と、独り言のようにいった。

ふたりは斬撃の間境の手前で対峙していた。宗二郎はその間を保ったまま刀身をさざ波のように揺らしながら切っ先を下げ始めた。

宗二郎の刀身が残照を反射《はね》て、魚鱗のようなひかりを放つ。

「これは、目幻《めくらま》しかのう」

根岸は目を細めてつぶやいた。一瞬、戸惑うような表情が浮いたが、それもすぐに消えた。あいかわらず、剽げたような動きをつづけている。

宗二郎はすこしずつ刀身を下げながら、趾《あしゆび》を這うようにさせてジリジリと間合をつめた。

一足一刀の間境に踏み込み、宗二郎の切っ先が下段の位置まで下がった。

イヤアッ！

裂帛の気合を発しながら、宗二郎が面に斬り込んだ。

刹那、根岸が反応した。体が跳ね、刀身がするどく宗二郎の手元に伸びる。二筋の閃光が交差した直後、ふたりは弾かれたように背後に跳ね飛んだ。

宗二郎の右腕にかすかな疼痛があった。だが、浅手だった。うすく皮肉を裂いただけである。

一方、宗二郎の切っ先もわずかに根岸の額をとらえていた。額に細い血の線がはしり、一筋血が流れている。こちらも浅い傷だった。

「なかなか、やるのう。次は、心してかからねばならぬな」

根岸の細い目が燃えるようにひかっている。おだやかな老爺のような表情が消え、剣の修羅のなかで生きてきた者のもつ凄絶な面貌《めんぼう》に豹変していた。そして刀身をだらりと下げると、ふたたび剽げたように足踏みを始めた。その動きが、しだいに迅く軽やかになってくる。

……このままでは、斬れぬ。

と、宗二郎は察知した。

たしかに、初手は互角だった。だが、宗二郎の斬撃の起こりをとらえた根岸の切っ先の方が一瞬早く籠手をとらえていたのだ。

次は深く踏み込んでくるだろう。そうすれば先に籠手を斬られ、宗二郎は斬り込むことができなくなるのだ。

……この場は逃げねば！

と、宗二郎は思った。

すばやく後じさって間合をとると、八相に構えなおし前に疾走した。風走である。風走は敵が多勢の場合の技だが、逃走のために遣うつもりだった。

宗二郎は一気に斬撃の間にちかづき、走りざま根岸の手元へ斬り込んだ。

ひょい、と脇へ跳んで根岸がその斬撃をかわし、そのまま刀身をふりかぶって袈裟に斬り下ろしてきた。

かまわず、宗二郎は走った。風走の神髄は疾風のような迅《はや》い動きにある。

根岸の斬撃が、宗二郎の肩口をかすめた。だが、根岸が刀身を返して二の太刀をふるおうとしたとき、宗二郎は斬撃の間を越えていた。さらに宗二郎は疾走し、その間が大きく離れた。

「返せ！　蓮見」

根岸が甲走《かんばし》った声をあげた。

宗二郎は十間ほども間をとってから振り返り、

「根岸、勝負はあずけた」

そういって刀を納めると、宗二郎は足早に歩きだした。

根岸は追って来なかった。その場につっ立ったまま、遠ざかっていく宗二郎の後ろ姿を見送っていた。その老爺のような姿を夕闇がつつんでいる。

5

翌日、宗二郎は北本所番場町にある蓮見道場を訪ねた。父、剛右衛門に根岸のことを訊いてみようと思ったのである。

父はすでに隠居し、道場は兄の藤之介《とうのすけ》が継いでいた。その藤之介が富江《とみえ》という嫁をもったのを機に、宗二郎は家を出て甚助店に住むようになったのだ。宗二郎は独り暮らしを始めるようになってからも、しばらく代稽古をまかされて道場に通っていたが、ちかごろすっかり足が遠のいていた。

宗二郎は道場へは行かず、枝折《しお》り戸《ど》を押して剛右衛門のいる離れへまわった。

剛右衛門は離れの縁先で茶を飲んでいた。単衣を着流し、素足というくつろいだ格好だった。

「宗二郎、久し振りじゃのう」

剛右衛門は目を細めた。

「父上、道場の方はどうです」

「藤之介がうまくやっておるようじゃよ。あやつ、腕はそこそこだが、教授法をいろいろ工夫してな。若い門弟などは喜んでおるようじゃ」

「兄上は、理屈で納得させますからね」

宗二郎も藤之介の教授法は知っていた。

初心者や若い門弟には、やさしく剣の理合を解き、納得させてから稽古をさせていた。また、ある程度腕を上げた者にはあまり口をはさまず、本人のやる気にまかせている。そうした教え方は門弟たちの受けがよく、進んで藤之介に教えを請う者が多かった。

「ところで、手の傷はどうした」

剛右衛門が、両手で茶碗をつつむように持ったまま訊いた。宗二郎の右腕に巻いた手ぬぐいに、血の染みた黒ずんだ色があったのだ。

「このことで、お訊きしたいことがありましてね」

「なんだ」

「根岸夢斎なる者をご存じでしょうか」

「知っておる」

一瞬、剛右衛門の顔がひきしまり、剣の達人らしい峻厳な表情が浮かんだが、すぐに元のおだやかな顔にもどった。

宗二郎が訊くと、剛右衛門は根岸が若いころから小野派一刀流の遣い手として知られていたことや二十代半ばに独立して道場を始めたがうまく行かず、いまはむかしの門弟の屋敷などをまわって細々と食いつないでいることなどを話した。

「その根岸に昨日、立ち合いをいどまれまして、この傷はそのとき」

「まことか」

剛右衛門は驚いたような顔をして、手にした茶碗を脇に置き、

「それにしても、宗二郎、おまえはよく揉め事を起こすのう。今度は、根岸と立ち合いか」

そういって、顔をしかめた。だが、非難の色はない。呆れたような表情があるだけである。剛右衛門は宗二郎が始末人なる稼業で口を糊し、ときには剣もふるわねばならぬことを知っていたのだ。

「根岸が奇妙な剣を遣いました」

そういうと、宗二郎はすこし離れた場所に立って抜刀した。そして、刀身を下げると踊るようにちいさく足踏みして見せた。

剛右衛門の双眸が、鋭くひかった。凄味のある剣客の目である。

「奇異な構えじゃ」

「このような構えから、籠手を狙ってきました」

「一刀流に、そのような構えも動きもないはずじゃが」

「風来の剣と、称しました」

「風来の剣とな。聞いたことがないが」

「おそらく、戯れに名付けたものでしょう」

「そうであろうな。……そうした構えも動きも己で工夫したもののようだな」

そういうと、剛右衛門は立ち上がり、下駄を履いて庭へ下りた。顔がこわばっている。風来の剣に尋常でないものを感じとったようだ。

「ちかいうちに、ふたたび根岸と立ち合うことになるかもしれませぬ」

風来の剣を破る手があれば、教えてもらいたかったが、宗二郎は口にしなかった。訊いても、剛右衛門は己で工夫するしかあるまい、と答えるだけだろう。ただ、それとなく助言はしてくれる。

「根岸との立ち合い、さけられぬのか」

剛右衛門が訊いた。

「根岸に挑まれれば、逃げるわけにはいきませぬ」

あえて、子細は話さなかった。剣で生きてきた剛右衛門には、剣客同士の避けて通れない立ち合いがあることは分かっているはずだった。

「うむ……。小刻みに体を動かすのは、斬撃の起こりを迅《はや》くするためだな。それに、拍子を取りながら間合を取っているのかもしれん」

剛右衛門は、つぶやくような声でいった。

「いかさま」

宗二郎にも剛右衛門のいうことは理解できた。

敵と対峙したとき、体や構えた刀を静止させていると、一瞬斬撃の起こりが遅れることがある。そうならないよう、小刻みに体や切っ先を動かしているのだ。

「後《ご》の先《せん》の剣であろうな」

「後の先の剣……」

敵の斬撃の起こりをとらえて斬り込む技である。そういえば、根岸は宗二郎が斬り込んだ瞬間をとらえ、籠手を狙ってきた。

「宗二郎、右腕を落とされたら、そこで終わりだぞ。奇異な動きに惑わされ、迂《う》闊《かつ》に仕掛けぬことだな」

そういうと、剛右衛門は縁先に腰を下ろした。その顔は曇っていた。やはり、宗二郎のことが心配なのであろう。

ただ、宗二郎が訊いても、剛右衛門はそれ以上根岸の剣のことについて口にしなかった。後は己で工夫せよ、ということらしい。

それから、宗二郎は小半刻（三十分）ほど藤之介や道場のことなどを話して腰を上げた。

「わしほどの歳になるとな、いつ死んでもよいという気になるものだ。根岸も、死を恐れずにこよう。風来の剣は、破ろうとしても破れぬかもしれぬぞ」

めずらしく、剛右衛門はさとすような口調でいった。

「…………」

宗二郎は目礼して、その場を離れた。最後に剛右衛門が、破ろうとしても破れぬかもしれぬぞ、と口にした言葉が強く胸に残った。

甚助店にもどると、佐吉が来ていた。上がり框に腰を下ろして、柄杓《ひしゃく》で水を飲んでいる。脇の下や背中に汗が染みていた。

「旦那ァ、茶を淹《い》れてくれるあるじの姿がねえんで、勝手に水をいただきやした」

佐吉は流しへ柄杓をもどしに行ったが、ふいに立ちどまって振り返り、

「どうしやした、その手」

と、宗二郎の右腕を見ながら訊いた。

「なに、たいした傷ではない。それより、佐吉、何か知れたのか」

佐吉がここへ顔を見せたのは、何かつかんだからであろう。

「へい、お吉の男が知れやしたんで、旦那の耳に入れておこうと思いやしてね」

佐吉は目を細めた。得意そうな表情が浮いている。

「それで、だれなんだ」

「守蔵屋繁市」

「両国の献残屋《けんざんや》か」

お吉が若松の主人の清右衛門に身請けされる前、馴染みの客だったひとりである。

「へい」

佐吉は柳橋の萩乃屋を見張り、お吉とともに姿を見せた相手の男を尾けて繁市であることをつきとめたという。

「それにね、旦那、萩乃屋の女中から聞き込んだんだが、お吉は清右衛門といっしょになる前から繁市と萩乃屋で逢引してたようですぜ」

「繁市は、いくつになるのだ」

「四十がらみといったところで。……お吉の方も、まんざらではないようでしてね。萩乃屋の女中の話じゃァ、お吉の方で言い寄ってたこともあったそうですぜ」

「そうなると、お吉が清右衛門の殺しを頼んだ疑いはますます濃くなるな」

お吉は、清右衛門さえいなくなれば繁市との逢瀬を気兼ねなく楽しむことができるし、若松も自分の店にすることができるのだ。

「それに、旦那、もうひとつ耳に入れておきてえことがあるんで」

佐吉は宗二郎の方に身を寄せていった。

「なんだ」

「元締を狙ってたやつがおりやしてね。そいつを銀次さんが尾けたところ、守蔵屋へ入《へえ》ったそうで」

「ほう」

どうやら、繁市はお吉の男というだけではないようだ。やはり、清右衛門と徳五郎の殺しにかかわっていそうである。

「そうなると、若松の件だけでは始末がつかぬな」

文蔵が睨んだとおり、清右衛門と徳五郎殺しは同じ根のようだ。その主軸の根が守蔵屋繁市ではあるまいか。

「それで、元締はどうする気でいる」

宗二郎が訊いた。

「守蔵屋の正体はこっちでつきとめるから、あっしと旦那は他の殺し屋を洗い出してくれといってやした」

「それには、矢貝道場を洗わねばならんな」

矢貝道場には室田の他に師範代の三橋弥三郎と根岸夢斎がいる。はっきりしないが、殺し屋の疑いが濃い。

宗二郎は佐吉に伊平と孫八とともに室田を討ったときのことと昨日の出来事をかいつまんで話した。

「その傷は、そのときのもので」

佐吉は右腕に巻いた手ぬぐいに目をやった。

「そうだ」

「根岸というやつは、そんなに強えんで」

「強い。勝てぬかもしれぬ」

宗二郎の胸に、風来の剣は、破ろうとしても破れぬかもしれぬぞ、そういった剛右衛門の言葉がよぎった。

6

文蔵は大川端を歩いていた。めずらしい格好である。股引に黒半纏、手ぬぐいで頰っかむりしていた。老いた職人か船頭のように見える。文蔵はこの格好で、鳴海屋を出てきたのだ。

その文蔵のそばにもうひとりいた。やはり同じ格好で、手ぬぐいで頬っかむりして顔を隠している。こちらは、矢師の佐平次である。歳は二十八。小柄で丸顔、愛嬌のあるちいさな丸い目をしていた。その風貌を見ると、始末人として無頼牢人や遊び人などと渡り合えるようには見えないが、この男には特技があった。短矢《たんや》とか内矢《うちや》と呼ばれる短い矢を投げて人を斃《たお》すのである。

佐平次の生まれた家は弓矢を作る矢師だった。子供のころから、矢に触れ、作り損じた矢を玩具にして遊んでいた。やがて、佐平次は家業の矢作りに手を染めるようになり、遊び半分に短矢を作った。七寸か八寸のもので、矢竹は同じ太さの物を使った。仕事の合間にそれを手で投げ、的に当てて遊んでいるうちに、これはいい武器になると思い、ひそかに練習するようになった。

矢の方も工夫した。鉄製の矢尻《やじり》を重くし先を細く尖らせて、手で投げても刺さるようにしたり、矢羽を短めにして的中率をよくしたりした。

佐平次が二十歳を過ぎたころ、母が病で死にその後二年ほどして父も母の後を追うように他界した。

佐平次は家業の矢師を継いだが、うまくいかなかった。まだ、佐平次に信用がなかった上に矢作りにあまり熱心ではなかったからだ。年とともに武具屋からの注文が少なくなり、仕事も減ってきた。それをいいことに、佐平次は短矢の投擲《とうてき》練習に熱を入れ、酒や博奕にも手を出すようになった。

当初は父親の残した財産で食いつないでいたが、すぐに暮らしに困るようになった。そこで、佐平次は深川の田原屋《たはらや》という呉服屋の娘に狙いをつけて因縁をつけ、金を脅しとろうとした。

田原屋は、すぐにこの始末を鳴海屋に依頼してきた。佐平次のことを知った文蔵は始末人には頼まず、みずからこの始末を買ってでた。こいつは、いい始末人になれる、と踏んだからである。

まず、文蔵は伊平を連れて佐平次と会った。そして、伊平の泥鰌針の腕を見せてから鳴海屋にいる始末人のことを話し、

「おまえさんも、その投げ矢を生かしてみないか」と誘った。

「おもしれえ、やらせてもらうぜ」

佐平次は目をひからせた。あぶない仕事だが、自分の性に合っていると感じたようだ。

始末人になった佐平次は皮製の矢筒を肩から脇に下げ、上に半纏を着て隠し、いつでも使えるように短矢を持ち歩いていた。

その佐平次が鳴海屋に顔を出したとき、ちょうど文蔵が船頭のような身装《なり》で店を出るとこ

ろだった。

「元締、どうしたんです、その身装は」

　驚いて、佐平次が訊いた。

「なに、この目で守蔵屋繁市の顔をおがんでみようかと思ってな」

「元締ひとりで、行きなさるんで」

「そのつもりだが」

「そいつは、あぶねえ、あっしがお供しやすぜ」

　そういって、半ば強引に佐平次は文蔵の後に跟《つ》いてきたのである。

　ふたりは、大川端を両国橋にむかって歩いていた。すでに七ツ（午後四時）を過ぎ、川面を西日が染めていた。大川の川開きも過ぎて、川面には屋形船や屋根船などの涼み船がゆったりと上下している。

　両国橋は大変な人出だった。店者、供連れの武士、僧侶、町娘……。それに浴衣姿の涼み客もくわわって大勢の老若男女が行き交っている。

　ふたりは人混みを分けるようにして、両国広小路に出た。そして、左手にまがり米沢町の通りへ入った。文蔵は銀次から守蔵屋の場所を聞いていたので、迷うことはなかった。

「あれですよ」

　文蔵が路傍にたちどまって、土蔵造りの店舗を指差した。

人通りは多かったが、店はひっそりしていた。格子戸が閉じたままで、店先で立ち止まる者もいなかった。もっとも、献残屋は武家や大店を相手に進物や献上品を売買する商売なので、通行人が立ち寄らないのも当然であろう。

「道端で見張るわけにはいきませんな」

文蔵は町筋に目をやりながらいった。路上にたっていては人目を引くが、ちかくに身を隠すような場所もなかった。

「あそこで、そばでも食いながらのんびりやりましょう」

そういうと、文蔵は佐平次を連れて守蔵屋の斜前にあるそば屋へ入った。

店のあるじに、座敷でのんびりやりたい、といって、いくらか金をにぎらせて二階の座敷に腰を落ち着けた。

「元締、見えますぜ」

通りに面した障子をあけて、佐平次がいった。

「ここで、繁市が出てくるのを待ちましょう」

文蔵はそういって、女中が運んできた銚子に手をのばした。

ふたりは、酒をチビチビやりながら、交替で障子の隙間から守蔵屋の店先を見ていた。

繁市はなかなか姿をあらわさなかった。すでに通りは夕闇につつまれ、座敷の行灯にも灯《ひ》が入っていた。

「元締、やつは出て来ますかね」

障子から覗いていた佐平次が、振り返っていった。

「来ると思いますがね。……なに、今日が駄目なら、また明日です。こういう仕事はあせりが禁物でしてね」

文蔵はおだやかな顔をくずさない。

それから小半刻（三十分）ほどしたとき、

「だれか、出て来やした」

と、佐平次が声を上げた。

「繁市ですかね。どれどれ……」

文蔵が障子のそばにいざって来た。

見ると、店先に提灯を持った若い男があらわれ、その後に四十がらみの恰幅のいい男が姿をあらわした。紹羽織《ろばおり》に細縞《ほそじま》の単衣、角帯に莨入《たばこい》れをはさんでいる。いかにも大店の主人といった身拵《みごしら》えである。

男は軒先から通りへ出ると、空模様を見るように顔を上げた。そのとき、持っていた提灯の明りに浮かび上がった顔が、はっきりと見えた。

……あいつは。

文蔵はどこかで見たような顔だと思った。だが、すぐに思い出せない。

「元締、両国橋の方へ行きますぜ」

そういって佐平次が振り返ったとき、文蔵の脳裏の奥にひとつの顔が浮かび上がった。

……真砂《まさご》の音造《おとぞう》の手下だった男ではあるまいか。たしか、名は佐之助《さのすけ》だったと思うが。はっきりしなかった。それというのも、音造と佐之助の顔を見たのが、七、八年も前だったからである。

真砂の音造というのは、浅草真砂町に住んでいる香具師の親分だった。音造は浅草、下谷、本所辺りの闇の世界を牛耳っている顔役で、ひそかに殺しにも手を染めているという噂もあった。

一度だけ文蔵は音造と会ったことがあった。数年前、本所の米問屋が音造の手下に大金を脅し取られそうになったことがあった。始末を依頼された文蔵は銀次に頼んで話をつけたが、後のこともあるので、音造と料理屋で会ったのである。そのとき、音造についてきたのが、佐之助だった。

音造との話は、始末人が音造の縄張で仕事をするときには話をとおし、そのかわり、音造も深川、本所界隈での鳴海屋の稼業の邪魔はしない、ということで決着がついた。

「元締、いっちまいますぜ」

佐平次が声を大きくした。

「佐平次さん、あの男を尾けてもらえますかね」

どうせ、料理屋にでも繰り出すのだろうと思ったが念のためである。

「ようがす」

佐平次は障子をしめて立ち上がった。

「気付かれたら、やりあわずに逃げてくださいよ」

文蔵は、座敷を出ていく佐平次の背に声をかけた。

7

その夜、繁市のむかった先は柳橋の料理茶屋だった。酒席をともにしたのは大店の主人らしい男と武士だったという。だれであるかは、はっきりしなかったが、清水屋利兵衛と殺しにかかわった武士ではないかと推測された。

佐平次から報告を聞いた後、また文蔵は鳴海屋を後にした。今日は、羽織に角帯というつもの格好だった。佐平次がいっしょに行くといったが、

「今日は、むかしの仲間に会いに行くだけです。それに、日中ですから襲われる心配はないでしょう」

といって、ひとりで店を出た。

文蔵のむかった先は浅草の東仲町だった。浅草寺の門前に位置する町である。その町に、

冬吉《ふゆきち》という男がいた。だるま屋という飲み屋をやっている。酌婦を置いた店で、酔客に春も売っていた。

文蔵は冬吉と懇意だった。それというのも、冬吉は長く深川の門前仲町で老舗の料理屋をやっていたからである。冬吉は吉原の女に入れ上げた揚げ句に女房に逃げられ、料理屋をたたんで東仲町にちいさな飲み屋をひらいたのである。

まだ、だるま屋の縄暖簾は出ていなかったが、表の戸はあいた。文蔵が店に入って行くと、板場から冬吉が出てきた。肴でも仕込んでいたのだろう。汚れた前垂れで、しきりに濡れた手を拭いている。

「これは、鳴海屋さん。おめずらしい」

文蔵を見ると、冬吉は照れたような笑いを浮かべた。冬吉とは三年ほど会っていなかったが、鬢《びん》の白髪がだいぶ増えているようである。

「どうです、繁盛してますかな」

文蔵は飯台のそばの空樽に腰を落とした。

「まァ、なんとかやっておりやす」

冬吉は小体な飲み屋のおやじのような口をきいた。それだけこの商売が板に付いてきたということであろう。

「まだ、早いようだが、酒をもらえますかね」

「ろくな肴はねえが、酒なら、すぐ、用意しやすぜ」

そう言い置くと、冬吉は板場にもどった。

冬吉は、すぐに酒肴を運んできた。肴は豆腐にすり生姜《しょうが》をのせ醬油をたらしただけの冷奴だった。

「ありがたい、わたしはこいつが好物でしてね」

文蔵は冷奴に目を細めた後、どうです、いっぱい、といって、冬吉に酒をすすめた。

「店の支度がありやすんで、いっぱいだけ」

そういって、冬吉は空樽に腰を下ろした。

「ところで、冬吉さん、すこし訊きたいことがありましてね」

文蔵は、冬吉についでもらった酒を飲み干してから話を切り出した。

「何でしょう」

「真砂の音造の名を聞いたことがあるでしょう」

浅草は音造の足元である。しかも、真砂町と東仲町はちかい。冬吉のような商売をしている男が音造のことを知らぬはずはない、と文蔵は踏んで、訪ねてきたのである。

「へい」

冬吉の顔がこわばった。

「いや、たいしたことじゃァないんですよ。実は、音造の手下の佐之助のことなんです。ちかごろ、両国の献残屋から出てくるのを見かけましてね。ずいぶん、変わった商売に手を出したものだと思い、こちらに所用があったので、冬吉さんの顔を見がてら訊いてみようと思っただけのことなんですよ」

文蔵はうまそうに冷奴を口にしながら、おだやかな声音でいった。

「くわしいことは知らねえが、町の噂じゃァ、佐之助は四年ほど前に真砂町を出たようでして」

「やっぱり、両国へ出たんですね」

「なんでも、献残屋の主人が博奕に嵌《は》まり、借金のかたに取り上げた店を佐之助が引き継いだそうで」

「そうですか」

やはり、繁市が佐之助だった。名を変えて、両国に住みついたのだ。献残屋は表の顔で、裏では殺し屋の元締をしているのではあるまいか。商家の奉公人とは思えないうろんな男が出入りしていることでも、繁市がまっとうな商売をしてないことは推測できる。

「音造とうまくいかなくなったのかな」

文蔵は、音造とのつながりを訊きたかった。成り行きによっては、音造と対立する恐れもあるのだ。

「あっしには、分からねえ。……両国、神田方面に縄張をひろげるために、音造親分が佐之助を両国にやったという者もいるし、佐之助が親分の許しを得てむこうに縄張をもったという者もいるし……。ともかく、佐之助の顔はここ何年か見てねえんで。こっちには、あまり顔を出さねえようでしてね」

冬吉は小声で話した。

「そうですか」

音造とは疎遠になっているのかもしれない。だが、こうした闇の世界に生きる者たちの親分子分の絆は強い。よほどうまく始末しなければ、音造とやり合うことになるだろう。

……迂闊《うかつ》に、仕掛けられねえ。

と、文蔵は思った。

「ところで、佐之助はひとりで、音造のところから出たのかね」

文蔵は、後を尾けまわしていた三十がらみの痩せた目付きの鋭い男のことも気になっていたのだ。

「なんでも、佐之助の弟分の伊三郎《いさぶろう》もいっしょだとか」

「三十がらみの痩せた目付きの鋭い男かね」

「そいつです」

冬吉はちいさくうなずいた。

どうやら、文蔵を尾けまわしていた男は伊三郎という名のようだ。

「そろそろ、陽がかたむいてきたようで」

そういって、冬吉は腰を上げるような素振りを見せた。いつまでも、油を売ってるわけにはいかないと思ったようだ。

「冬吉さん、手間をとらせましたな」

文蔵は、飯台の上に余分の金を置いて腰を上げた。

浅草寺門前の広小路は、大変な賑わいを見せていた。参詣客にまじって酒や岡場所目当ての客が行き交っている。浅草寺門前も岡場所や料理茶屋などが多く、深川の門前仲町とよく似ていた。

……やはり、繁市が殺し屋の元締のようだ。

と、文蔵は思った。だが、腑に落ちないこともあった。殺し屋が腕のいい武士だけだったし、守蔵屋に武士が出入りしている様子がまったくなかったからである。

……まだ、見えてないものがありそうだ。

浅草寺門前の雑踏を歩きながら、文蔵は胸の内でつぶやいた。

第五章　待ち伏せ

1

佐吉は天秤《てんびん》で竹籠《たけかご》をかついで、道場から母屋の方にまわった。竹籠のなかには、茄子《なす》と瓜《うり》が入っている。黒の腹掛《はらがけ》に股引、手ぬぐいで頬っかむりして天秤をかつぐ姿はどこから見ても、前栽《せんざい》売りである。

佐吉は矢貝道場を見張っていて、母屋の方から前栽売りが出て来るのを二度目にした。道場に出入りする者だけを見張っていても埒《らち》があかない、と思っていた佐吉は、さっそく前栽売りに化けて敷地内に入り込んだのである。

すでに、道場の稽古は終わっていて、敷地内はひっそりとしていた。母屋の前に狭い庭があり、そっちから油蟬の鳴き声が聞こえてきた。庭の隅の欅《けやき》で鳴いているらしい。

佐吉は道場の裏手から庭の方へ足を運んだ。とくに道場主の矢貝と師範代の三橋の様子を探りたかった。

それというのも、宗二郎と話したおり、おれは、矢貝道場が殺し屋の巣になってるような気がする、と宗二郎が口にし、佐吉もそのとおりだと思ったのだ。

「根岸と師範代の三橋は殺しにかかわっているようだが、道場主の矢貝も気になるな。根岸、室田、三橋と道場の主だった者が、殺しに手を染めていることを矢貝が気付かぬはずはないのだ」

さらに、宗二郎がいった。

「あっしも、そう思いやす」

「佐吉、しばらく矢貝と三橋の動きに目をくばってくれ」

「承知しやした」

佐吉が道場内に入り込む前、宗二郎とそんなやり取りがあったのだ。

佐吉は足音を忍ばせて、庭の方にまわった。

「権八《ごんぱち》さん」

突然、背後で女の声がし、下駄の音がした。

見ると、手に笊《ざる》を持った女がこっちにやってくる。粗末な身装《みなり》の四十がらみの女である。

矢貝家の下女らしい。

どうやら、前裁売りの男は権八という名で、女はいつも来る権八と間違えたようだ。

「あれ、権八さんじゃァないのかい」

女は佐吉の顔を見て、驚いたように目を剝いた。

「へい、今日は権八に代わってきやした。平六《へいろく》ともうしやす」

佐吉は思いついた偽名を使い、竹籠を下ろした。

「平六さんねえ。……それじゃァ平六さん、茄子をもらおうかね。それで、いくらだい」

「へい、ひとつ三文で」

「安いね、一昨日《おととい》は五文したよ。それじゃァ、五つもらおうかね」

女は顔をくずして、竹籠のそばに屈み込んだ。

「やけに、ひっそりしてるねえ。剣術の稽古はお休みかい」

佐吉は茄子を女の笊に入れながら訊いた。

「稽古は終わったところだよ」

「道場の先生は、矢貝さまだよな。近所でよ、なかなか評判だぜ。江戸でも、三本指に入るほどの腕じゃァねえかって」

「そうかい、あたしにゃァ、分からないけど」

「いま、先生はいるのかい」

佐吉は母屋の方に目をやった。

「いるよ。昼間は、あまり出ないからね」

女は、たもとから銭をつかみ出して数えだした。

「独り者かい」

「まだね。母親とふたり暮らしさ」

「へえ……。ところで、師範代の三橋さまも強えんだってな」

女は、あたしには分からないよ、といって、銭を佐吉に手渡し、腰を浮かした。

「どうだい、瓜は。一本、二文でいいぜ」

二文は相場の半値より安い。佐吉は女を引き止めて、もうすこし聞き出したかったのだ。

「ほんとかい」

女は目を剝いて、また屈み込み、それじゃァ五本もらうよ、といった。

「三橋さまも、独り者かい」

佐吉は、ゆっくりと瓜を笊《ざる》に入れながら訊いた。

「そうだよ。道場に住み込んでるんだからさ」

女によると、道場の脇に畳敷きの部屋があって、三橋はそこに寝泊まりしているという。

佐吉は三橋があまり道場から出入りしない理由が分かった。

「それはそうと、ちかごろ、道場で何か祝儀があるだろう。矢貝さまが嫁でももらうんじゃァねえのか」

佐吉がそういうと、

「どうしてさ」

と、女が佐吉の方に顔をむけて訊いた。大きな目に、好奇の色があった。中年女は、この手の話が好きなのだ。

「なに、両国の献残屋から矢貝さまが出てくるのを見かけたのよ。祝儀の品を、そろえるつもりじゃァないのか」

出まかせだった。佐吉は、矢貝と守蔵のかかわりがあるかどうか知りたかったのである。

「まさかァ、うちの先生にかぎって、そんなことはないよ。嫁の話など聞いたことがないもの」

「でもよ、ここにも献残屋が来たんじゃァねえのかい」

「献残屋など来たことないよ」

女は白けたような顔をした。そして、たもとに手をつっ込んで、銭をつかみ出した。どうやら、繁市がここに来たことはなさそうだ。

「女っ気なし、道楽なし、道場にこもりっきりで剣術だけ、それでよくつづくねえ。あっしには我慢できねえな」

佐吉は揶揄するようにいって、女から銭を受け取った。

「そんなことないよ、うちの先生だって、結構楽しみはあるのさ。大きい声じゃァいえないけどね。……ときどき、夜になると裏から出かけることがあるんだよ。あたしのみたところ、酒か女だね」

女は急に声をひそめていった。

張り込んでいて気が付かなかったが、矢貝は外出することがあるらしい。それも夜間、裏口から人目を忍んで出るようだ。

「いつもひとりで、出かけるのかい」

「三橋さまも、いっしょのときがあるようだよ」

女は一本の瓜をにぎりしめ、小声でいった。

「おっと、いつまでも油を売っちゃァいられねえ。また、来るぜ」

佐吉は立ち上がって天秤をかついだ。これ以上、女から聞き出すこともないと思ったのである。

女は茄子と瓜の入った笊をかかえて、母屋の裏手の方へもどっていった。佐吉はいったん通りの方へ歩き出したが、女が裏口から母屋に入ったのを見て、また庭先の方にもどった。敷地内の様子だけ見ておこうと思ったのである。

敷地はそれほど広くなかった。母屋と道場のまわりは板塀でかこってあった。庭の隅や母屋の裏手は、欅《けやき》、椿《つばき》などが深緑を茂らせていた。手がとどかないのか、板塀のちかくは夏草が繁茂している。

佐吉は身を隠す場所を見定めてから通りへもどった。

その夜、佐吉は板塀の壊れた場所から母屋の裏手に侵入し、椿の樹陰に身を隠した。矢貝の外出先をつきとめようと思ったのである。だが、矢貝も三橋も裏手に姿をあらわさなかった。

……なに、そのうち尻尾をつかんでやるぜ。

佐吉は、翌日の夜も忍び込んだ。

2

……どうしたものかな。

と、文蔵は思った。先ほど、深川今川町の船宿、太田《おおた》屋の奉公人が鳴海屋に来て、主人がおりいって相談があるので、店まで来てもらえないか、と伝えたのだ。くわしい事情を訊くと、始末の依頼らしかった。辰五郎《たつごろう》というならず者に脅されているので、何とかして欲しいという。

「分かりました、さっそく今夜うかがいますよ」

と文蔵は返事して、奉公人を帰した。

だが、奉公人を帰してから、まずいな、と思ったのである。それというのも、太田屋では、暮れ六ツ半（午後七時）ごろ来て欲しいというのだ。

太田屋の主人の八兵衛《はちべえ》は、一杯やりながら話したいということで、その時間を選んだらしいのだが、帰りは夜更けになる。今川町から帰る途中、襲われる心配があるのだ。

このところ、尾行する男の姿をさっぱり見かけなかったが、かえってそれが文蔵に危惧の念を抱かせた。今川町から帰る途中には、人通りのない寂しい通りがいくつもある。それに、相手に見破られているので舟も使えない。

……また、佐平次さんに頼みますかね。

文蔵は腰を上げると、階下におり、住み込みの彦七を佐平次の許へ走らせた。佐平次は鳴海屋からはそう遠くない大島町の長屋に住んでいるので、すぐに呼んでこられるはずだった。

佐平次はすぐに姿を見せた。

「元締、今夜はどちらへ」

道々、彦七からいっしょに出かけることだけは聞いたようだ。

「まだ、早いんでね。お峰に茶でも淹れさせますから、上がってください」

そういって、文蔵は佐平次を二階に上げた。

文蔵は佐平次が腰を落ち着けたところで、太田屋からの話を簡単に伝え、

「都合で、佐平次さんにも話を聞いてもらいたいと思いましてね」

文蔵は、太田屋の始末を佐平次にまかせようかと思っていた。相手が、ならず者なら佐平次ひとりで十分である。始末の値組みをするのは文蔵の仕事だったので、最初から同席することはできないが、その話が済めば、佐平次を八兵衛と会わせて揉め事の子細を訊かせてもいいのだ。

「分かりやした」

佐平次は殊勝な顔をしてうなずいた。

暮れ六ツ（午後六時）の鐘の音を聞いてから、文蔵と佐平次は鳴海屋を出た。ときどき、文蔵は背後を振り返って、尾けている者はいないか見てみたが、それらしい男の姿はなかった。

文蔵と佐平次が太田屋の前まできたとき、すこし離れた飲み屋の陰から男がひとり通りへ出て来た。文蔵を尾けまわしていた目付きの鋭い男である。

男が、ふたりを確認するように太田屋の店先に目をやっていると、そこへ別の物陰にいた町人体の男が走り寄ってきた。ふたりで何やら言葉を交わしていたが、すぐにその場を離れ、両国橋の方へむかって歩きだした。

文蔵も佐平次も、このふたりの姿を目にしなかった。

両国橋を渡ったふたりは、広小路で二手に別れた。ひとりは守蔵屋のある米沢町の方へ、もうひとりは柳橋を渡り、矢貝道場のある下谷へ足をむけた。

文蔵と佐平次を戸口まで出迎えた八兵衛は、

「これは、鳴海屋さん、さっそく足を運んでいただきまして……」

そういって、愛想笑いを浮かべた。瘦身の五十がらみの男である。顎と喉仏がとがり、鶴のような細い首をしていた。

「二階の座敷に、膳の用意がしてありますので」

すぐに、八兵衛はふたりを二階へ上げようとした。

「まず、ふたりだけで話しましょうかね」

そういって、文蔵は佐平次を土間に残したまま二階へ上がった。

帳場にいた女将が立って来て、土間にいた佐平次に、

「こちらにも膳を用意しますから」

といって、座敷に上がるようすすめたが、佐平次は、

「ちょいと用を思い出しやして」

といい置いて、外へ出た。

佐平次は、文蔵が用心のため同行したことを知っていた。それで、念のため太田屋のまわりをめぐってみようと思ったのである。

太田屋は表通りに面していて、近所に飲み屋や料理屋などがあり、夜陰につつまれた通りに灯《ひ》が落ちていた。ちらほらと人通りもある。佐平次は近所を歩いてみたが、怪しい人影はなかった。

佐平次はさらに裏手へもまわってみた。仙台堀になっていて、太田屋専用のちいさな桟橋があり、三艘の猪牙舟が舫《もや》ってあった。付近に人影はなく、舟で待ち伏せしている様子もなかった。

一回りした佐平次が太田屋にもどると、文蔵と八兵衛の話は済んだらしく、二階に呼ばれた。

佐平次が座ると、文蔵は機嫌よさそうに目を細めて、

「佐平次さんといいましてね。うちでも、腕利きの始末人なんですよ」

そう八兵衛に紹介し、この始末は佐平次さんに、頼むつもりでいっしょに来てもらったんですよ、といい添えた。

「そいつは、有り難い。佐平次さん、よろしくお願いしますよ」

八兵衛は顔をほころばせた。不安げな表情はない。

佐平次は黙って頭を下げた。

「まず、あたしの方から太田屋さんにお聞きしたことを簡単に話しましょう」

そういって、文蔵が話し出した。

太田屋には、おたえという若い女中がいるという。そのおたえが表で水を撒いていると、き、辰五郎が通りかかり、転んで尻餅をついた。辰五郎は怒って店にねじ込み、ふいに水をかけられたために転んだといいはり、いくらか出せと凄んだ。

戸口に居合わせた八兵衛は、騒ぎを大きくしたくないと思い、二朱ほど包んで辰五郎に渡した。ところが、これを手にした辰五郎が烈火のごとく怒り出した。

「こんなはした金で手を打つ気か、と居直ったそうですよ。そして、ふところから匕首を取り出し、二両出さねえと突き殺すと凄んだそうで」

文蔵はおだやかな声音でいった。

「へえ……」

拍子抜けするほど、ありきたりの強請《ゆすり》である。匕首までちらつかせて、二両というのもさもしい。

「太田屋さんは二両の金は惜しくないが、それに味をしめて今後も難癖つけてきて金を脅し取ろうとするのではないか、それが怖いとおっしゃるんで」

もっともな言い分である。太田屋ほどの店なら、二両くれてやってもそれほど惜しくはないだろう。

「それで、きっぱり辰五郎との縁を切って欲しいと。そうでしたな、太田屋さん」

文蔵がかたわらに座している太田屋の方に顔をむけた。

「はい、それに、あたしどもは客商売でして、辰五郎のような男とかかわりを持ちたくないんですよ」

八兵衛がいった。

「太田屋さんは、縁切り料として三両までなら辰五郎に渡してもいいとおっしゃってる。佐平次さん、それで始末をつけてください」

文蔵が佐平次にいった。

始末屋は相手を脅したり、痛めつけたりして手を切らせるのではない。二度と店に手を出さないことを約束させた上で、相応の縁切り料を渡す。その交渉をするのも始末人の仕事だった。

縁切り料を渡して相手に約束させると、その後のことは始末人が責任を取る。もし、相手が約束を破って、ふたたび店に手を出すようなことになれば、それこそ始末人が命を懸けて店を守るし、相手の命も狙う。そのときこそ、始末人の腕が試されるのだ。

「承知しやした」

佐平次は、むずかしい始末ではないと思った。

「それじゃァ、佐平次さんにも一杯やっていただきましょうか」

八兵衛はそういうと、腰を上げて階下へ下りていった。女将に膳を運ぶよういいにいったらしい。

3

佐吉は、板塀のそばの椿の陰にしゃがみ込んでいた。深緑におおわれた樹陰の闇は濃く、黒半纏の股引姿の佐吉は闇に溶けていた。辺りの叢《くさむら》で鳴く虫の音が、佐吉をつつみ込んでいる。

母屋から灯《ひ》が洩れていた。人声や床を歩く音などが、ときどき聞こえてくる。母屋には母親と矢貝がいるようだった。

佐吉がその場にひそんで小半刻(三十分)ほどしたときだった。ふと、板塀ちかくの虫の音がやみ、走ってくる足音が聞こえた。

すぐに、木戸があき、男がひとり駆け込んできた。町人体の若い男だった。縞の着物を尻っ端折りし、からっ脛をあらわにしていた。

この男、太田屋のちかくで文蔵と佐平次を見ていたひとりである。むろん、佐吉には分からない。

駆け込んできた男は、裏口の引戸をたたいた。

すぐに、矢貝が顔を出した。ふたりで短いやり取りをしたようだったが、何をしゃべったか佐吉には聞き取れなかった。

矢貝が、若い男をその場に残して道場に走った。いっときすると、矢貝がふたりの武士を連れてもどってきた。三橋と根岸である。どういうわけか、今夜は根岸も道場に残っていたようである。

ふいに、深川か、という矢貝の声が聞こえた。その問いに、若い男がうなずいた。つづいて、よし、行こう、と三橋が声を上げた。

その場に矢貝を残し、若い男に跟《つ》いて三橋と根岸が小走りに木戸へむかった。

……何かあったようだ。

と、佐吉は思った。夜遊びに行くような雰囲気ではない。三人はひどく急いでいたし、殺気だってもいた。

佐吉は椿の陰から出ると、板塀の隙間から通りへ出た。見ると、若い男を先頭に三人は両国橋の方へ足早にむかっている。行き先は深川のようだ。

佐吉は三人の後を追った。尾行は巧みである。猫足の佐吉と呼ばれるだけあって、ほとんど足音をたてない。軒下や樹陰などの闇を伝いながら尾けていく。

風のないおだやかな夜だった。頭上の弦月が皓《しろ》くかがやき、川沿いの柳が地面に濃い影を落としている。

先を行く三人は両国橋を渡ると、大川端の道を南にとった。仙台堀にかかる上ノ橋を渡ったところで左手にまがり、堀沿いの道を深川方面へむかった。

もうすこし先まで行くのかと思ったが、三人はすぐに堀沿いにあったちいさな稲荷の前で立ちどまった。すると、鳥居をくぐって別の人影がふたつあらわれた。町人体の男である。

路傍の町家の軒下に身をひそめた佐吉は、あらわれたふたりに目を凝らした。

……あいつは繁市じゃァねえか。

顔ははっきりしなかったが、恰幅のいい男の姿に見覚えがあった。

数日前、佐吉は守蔵屋繁市を見ていたので、その姿があらわれた男と重なったのである。いっしょにいる男は繁市の手下らしかった。

繁市と三橋が何やら言葉をかわし、そのまま五人は稲荷の鳥居をくぐって、檜《ひのき》でかこまれた境内に入っていった。

……あいつら、何をする気だ。

密談のために集まったとは思えなかった。これから、男たちが何か始めようとしていることはまちがいない。それも、大きな仕事である。繁市、三橋、根岸、それに手下がふたり集まっているのだ。

佐吉は足音を忍ばせて稲荷に近付いた。幸い、ちいさな稲荷で境内も狭いようだ。祠《ほこら》をかこった檜の間から覗けば、様子を知ることができるだろう。

檜の葉叢《はむら》の間から、佐吉はなかを覗き込んだ。ちいさな祠の前に男たちが集まっていた。

集団のなかほどに繁市と三橋がいた。根岸だけは、ひとり離れ、檜の陰で佇立《ちょりつ》していた。

「辰五郎、鳴海屋は太田屋にいるのだな」

繁市が念を押すようにいった。手下のひとりは、辰五郎というらしい。痩せた目付きの鋭い男である。

「文蔵や佐平次が聞いたら、太田屋を強請っている男だと知れたはずだ。それに顔を見れば、文蔵を尾けまわしていた男であることも分かったろう。

「へい、店を出れば、利助《りすけ》と竹七《たけしち》が知らせることになっておりやす。それに、やつらはここを通るはずなんで」

辰五郎が答えた。

「それで、鳴海屋と始末人の佐平次だけだな」

「まちがいありやせん。この目で見やしたんで」

辰五郎が低い声でいった。

……元締たちを襲う気だ！

佐吉は、状況を察知した。

太田屋は今川町にある船宿である。そこに、文蔵と佐平次が来ているのだ。繁市たちは文蔵と佐平次を待ち伏せするつもりで、ここに集まっているのだ。

……どうすりゃアいい。

佐吉は頭をめぐらせた。手はふたつあった。このまま太田屋へ駆け込んで文蔵にことの次第を伝えるか、腕のいい始末人を連れてきてこの危機を脱出するかである。

すぐに、佐吉は立ち上がった。ここから太田屋はちかい。ともかく、太田屋へ行ってみようと思ったのだ。

太田屋の店先ちかくで、佐吉の足がとまった。太田屋の斜向かいの町家の軒下に人影があった。繁市の手下らしい。すぐに、佐吉は裏手にまわった。だが、裏手にもいた。店を見張っているのだ。おそらく、利助と竹七であろう。

……駄目だ！

と、佐吉は思った。

佐吉が店に飛び込めば、そのことを手下が繁市に知らせるはずだ。あれだけの人数がいれば、店に駆け付けて押し込むかもしれない。店を出ても、逃げ切れないだろう。

佐吉は反転して、駆け出した。仙台堀沿いを走れば、宗二郎のいる入船町も鳴海屋のある門前仲町もそう遠くはない。助太刀を連れてきた上で太田屋に入って、文蔵に知らせればいい、と佐吉は判断したのだ。

佐吉は懸命に走った。足も迅い。黒い獣が疾走するように、夜陰のなかを駆けていく。

4

腰高障子に行灯の灯が映っていた。

……旦那はいるようだ！

佐吉は戸口に駆け寄り、旦那ァ！　と声を上げながら腰高障子をあけた。

「おお、佐吉か、どうした」

宗二郎は上がり框のそばに胡座をかき、貧乏徳利をかたわらに置いて酒を飲んでいた。暗がりのせいか、赭黒い顔が狸のように見えた。

「さ、酒は後だ！　すぐ来てくだせえ」

佐吉が荒い息を吐きながらいった。

「ひどく急《せ》いているようだが、どうしたのだ」

「危ねえんだ、元締と佐平次さんが」

「何があった」

宗二郎はかたわらの刀を手にして立ち上がった。

「繁市たちが待ち伏せてやがるんで。ともかく、すぐに」

「分かった」

宗二郎は土間に飛び下り、佐吉につづいて長屋を飛び出した。

走りながら佐吉が、文蔵と佐平次が太田屋にいること、仙台堀沿いの稲荷で繁市たちが待ち伏せていることなどをかいつまんで話した。

「根岸と三橋がいるのか」

「へい、それに繁市と手下が、見張りもいれて四人も」

守りきれぬ、と宗二郎は思った。根岸ひとりでも危ういというのに、三橋や手下もいるというのだ。

「佐吉、臼井どのを呼んでくれ。おれだけでは、太刀打ちできん。臼井どのが来るまで、おれと佐平次でなんとか元締は守る」

「承知しやした。……旦那、頼みますぜ」

そういい置くと、佐吉は反転して臼井の住む佐賀町の方へ走りだした。道筋はちがうが、それほど遠くなるわけではない。臼井がつかまれば、宗二郎と前後して現場に着けるだろう。


ちょうどそのころ、文蔵は佐平次を連れて太田屋から出るところだった。

「鳴海屋さん、お頼みしますよ」

八兵衛が戸口まで送ってきた。頰のこけた顔が赭黒く染まっている。酒のせいらしい。文蔵と佐平次は、ふだんの顔色と変わらなかった。さすがに、酒は控え目にしたようだ。

「すっかり、ご馳走になりました」

文蔵は満面に笑みをたたえてそういうと、佐平次を連れて通りへ出た。

すると、斜向《はすむ》かいの軒下の闇溜りのなかにいた人影が動いた。そのまま闇を伝い、すこし遠ざかったところで道を横切り、裏手へまわった。その姿を見て、もうひとりの見張りが走り寄ってきた。

「竹、鳴海屋が出た。お頭に知らせろ。おれは、やつらの後を尾ける」

「合点だ」

竹七であろう。若い男が勢いよく走りだした。

文蔵と佐平次は、仙台堀沿いの道をゆっくりとした足取りで歩いていた。堀の水面が月光に照らされ、青磁色の淡いひかりを放っている。静かだった。汀に寄せるさざ波の音と路傍の虫の音が聞こえてくるだけである。

通りに人影はなかった。表店も板戸をしめ、洩れてくる灯もなく寝静まっている。四ツ(午後十時)ちかいだろうか。

フッ、と前方左手の樹陰で何か黒い物が動いたように見えた。そこには稲荷があり、檜の杜が濃い闇を路地まで伸ばしていた。その闇のなかで何か動いたように見えたのだ。

「元締、だれかいるようですぜ」

佐平次が低い小声でいった。

「待ち伏せのようだ」

文蔵が足をとめた。前方を見据えた文蔵の目が、うすくひかっている。好々爺のようなおだやかな表情がぬぐい取ったように消え、始末人の元締らしい凄みのある顔に変わっていた。

すぐに、樹陰から人影が通りへあらわれた。男が三人、いずれも町人体である。繁市とふたりの手下だった。ひとりは痩せた目付きの鋭い男だった。

文蔵はその男を見て、尾けまわしていた男だ、と気付いた。繁市とともに音造の許を出た伊三郎である。

「佐平次さん、頼みますよ」

文蔵は、繁市とふたりの手下だけなら斃せると踏んだ。文蔵も手下のひとりやふたりなら後れを取らないし、佐平次の短矢は匕首のような短い武器しか持ってない者に特に威力を発揮することを知っていたのだ。

「へい」

佐平次はふところに右手をつっこんで短矢を数本つかみだし、左手に持ち直した。連続して投げるためである。

文蔵と佐平次は辺りの気配をうかがいながら、ゆっくりとした足取りで進みだした。

三人と五間ほどの間を置いて、文蔵が足をとめた。まだ、佐平次は両腕を垂らしたままである。短矢を放つには間がありすぎた。

「守蔵屋繁市だな」

文蔵が凄味のある声でいった。

「鳴海屋、てめえの命はもらったぜ」

繁市の顔が赭黒く染まり、怒張したように見えた。大きい目がにぶくひかっている。商人《あきんど》の顔ではない。その身辺には、獰猛な獣のような猛々しい雰囲気がただよっていた。

「何のためだ。金ずくの殺しなら、おれの命を狙うこともあるまい」

文蔵はすこしも臆していなかった。

「おめえがいちゃァ、深川に手が出せねえからな」

「そういうことかい」

どうやら、繁市は文蔵の縄張を自分のものにしたいらしい。

「やれ！」

繁市が声を上げると、脇にいたふたりの手下が駆けだし、すこし遠巻きに文蔵と佐平次を取り囲むように立った。

まだ、佐平次は動かなかった。間が遠かった。手下は佐平次の短矢の威力を知っているのかもしれない。

そのとき、繁市が、

「旦那方！」

と、声を上げた。

すると、樹陰の闇のなかから別の人影が飛び出してきた。四人いた。しかも、ふたりは武士体である。三橋と根岸だった。

これが、繁市の策だった。文蔵と佐平次を油断させるためにふたりだけ手下を連れて姿を見せ、逃げ場をふさいでおいて、三橋と根岸に斬らせようというのだ。

「元締、後ろへ」

佐平次が文蔵の前に出て、右手に短矢を構えた。

5

「こいつは、おれにまかせろ」

三橋が抜刀し、前に出てきた。

佐平次と対峙すると、三橋は右足を引いて半身になり、刀身をまっすぐ顔の前に立てて身構えた。対弓の金剛《こんごう》の構えである。矢をつがえて射ろうとする者の目に、刀身が盾のように映るのである。矢貝道場は武芸百般を教授しているだけあって、対弓の刀法も身につけているようだ。

三橋は金剛の構えのまま、スルスルと間合をつめてきた。

「やろう！」

叫びざま、佐平次が短矢を放った。

大気を裂くかすかな音とともに、三橋にむかって短矢が飛んだ。

と、三橋が短い気合を発しざま刀身を払った。戛《かつ》、という乾いた音とともに、短矢が夜陰に跳ね飛ぶ。

間髪を入れず、三橋は素早い寄り身で佐平次に迫ってきた。

「くらえ！」

佐平次は、連続して二本の短矢を放った。

寸毫《すんごう》の狂いもなく、一の矢が顔面へ、二の矢が胸部へ。

オオッ、と吠え声を上げ、体をひねりながら刀身を払う。顔面に飛来した矢は虚空に跳ね飛び、もう一本は刀をふるった右腕をとらえた。だが、袂《たもと》に刺さっただけのようだ。なおも、三橋は間合をつめてきた。

「元締！　逃げてくれ」

佐平次は後じさりながら、必死に叫んだ。

文蔵も、すばやく後ろに身を引いた。

「逃がすな！　殺っちまえ」

繁市が叫び、手下たちがバラバラと走った。

手下たちは、ふたりの退路を断つように文蔵の後ろにまわり込んだ。夜陰のなかで、短い刀身がにぶくひかっている。いずれも手に匕首を持っているようだ。

根岸は動かなかったが、繁市も匕首を手にしてふたりの右手にまわり込んできた。群狼が二匹の獲物に迫るように、ふたりを取り囲んだ五人の男たちの輪がしだいに狭まってくる。


そのとき、宗二郎は仙台堀沿いの道を走っていた。走りづめで来たために息が上がり、心の臓がドクドクとふいごのようにあえいでいた。だが、宗二郎は足をとめなかった。やがて、前方に稲荷の杜が見えてきた。

「あ、あそこだ……」

路上で、いくつかの人影がうごめいているように見えた。怒号や気合も聞こえてきた。

なおも、宗二郎は走った。人影はしだいにはっきりしてきた。ふたりの男を、数人の男たちが取り囲んでいる。取り囲まれているのは、文蔵と佐平次である。佐平次は半顔が血に染まっていた。文蔵は、四、五人の町人体の男を相手にしているようだった。

「待て！　おれが相手だ」

宗二郎は声を上げた。

その声で、一瞬、男たちの動きがとまった。そして、文蔵と佐平次を取り囲んでいた男たちが後じさった。駆け付けた相手を見極めようとしたらしい。

「蓮見、ひとりだ！」

繁市が叫んだ。その声で、ふたたび男たちが身構えた。匕首を胸のあたりで構え、そのまま突きかかってくるような体勢だった。殺気立ち、いずれも餓狼《がろう》のような底びかりする目をしている。

「やつは、わしが相手する」

しゃがれた老人の声が聞こえた。

軽衫に筒袖。根岸である。すでに根岸は抜刀し、宗二郎の前にまわり込んできた。

……こやつとやり合うわけにはいかぬ。

と、宗二郎は思った。

佐平次と対峙しているのは三橋だった。深手ではないようだが、佐平次は横鬢《よこびん》のあたりに一太刀浴び、半顔が血に染まっていた。短矢を手にして身構えているが、三橋を斃すことはできないようだ。文蔵も危機に瀕していた。着物の右の肩口が裂け、あらわになった腕から血が流れていた。相手は匕首を持った繁市と手下が四人。文蔵でも太刀打ちできそうもない。宗二郎が根岸と立ち合っている間に、ふたりは斃されてしまう。

……イヤアッ！

突如、宗二郎は抜刀し、鋭い気合を発しざま疾走した。

風走である。宗二郎は八相に構えたまま根岸の脇をまわって、文蔵たちのいる方へ一気につっ走った。

「逃げるか！」

根岸が慌てて脇から踏み込み、宗二郎に斬り付けたが、切っ先が肩口をかすめただけだった。

宗二郎の動きは、疾風のように迅《はや》かった。

匕首の切っ先を文蔵にむけていた手下のひとりが、驚いたように振り返り、迫ってくる宗二郎から逃れようと反転した。そこへ、宗二郎の一颯《いっさつ》が、手下の肩口に袈裟に入った。

ギャッ！　と絶叫を上げて、男がのけ反った。

宗二郎の手に骨肉を断つ重い手応えが残り、男の肩口が割れた。血がほとばしり、パックリとひらいた傷口から截断《せつだん》された鎖骨が覗いた。男は呻き声を上げながらよろめき、へたり込むように路傍に倒れた。

それで、宗二郎の動きはとまらなかった。袈裟に斬り下ろした刀身を返すと、ふたたび八相に取り、文蔵の右手にいた手下の正面に迫った。

ワッ、と声を上げて、手下が逃げる。他の手下も宗二郎の迫力と敏捷な動きに気圧され、後じさった。

その間、佐平次は短矢を放って三橋の足をとめていた。

手下たちの囲いがくずれたのを見て宗二郎は動きをとめ、文蔵の前にもどってきた。

「こいつら、繁市の手の者だ」

文蔵がいった。けわしい顔をしていたが、目には熾火《おきび》のようなひかりがあった。窮地に立ったことで、文蔵の始末人としての血が燃え上がったのかもしれない。

「わかっている。だれであろうと、深川はおれたちの町だ。勝手な真似はさせせぬ」

宗二郎は繁市を睨むように見すえた。

繁市はたじろぐように後じさり、背後に首をまわして、

「旦那方、蓮見を頼みますぜ」

と、大声を上げた。

「蓮見は、わしが斬る」

すぐに、根岸が近寄ってきた。

構えず、刀身をだらりと下げたままである。その面貌《おもて》から老爺のような表情が消え、夜叉を思わせるような凄絶な顔に豹変していた。宗二郎を見つめた双眸は射るように鋭く、老体の身辺に異様な剣気がただよっている。

宗二郎は背筋を冷たい物でなでられたような気がして身震いした。

……なんとか、持ちこたえねば。

根岸だけではない。三橋もいる。宗二郎は、敵勢がはるかに勝っていることは察知していた。このままやりあったら皆殺しにあう。臼井が駆け付けるまで、なんとか時をかせがねば

ならない。

宗三郎は青眼に構え、切っ先を敵の目線につけた。鱗返しを遣うつもりだった。幸い、月が皓々《こうこう》とかがやいている。それに鱗返しでむかえば、多少対峙している時間があるのだ。

宗二郎は根岸にむかって刀身を小刻みに揺らしながら、ゆっくりと切っ先を下げ始めた。刀身が月光を反射《はね》て、魚鱗のようなひかりを放つ。

「こ、これは」

一瞬、根岸は驚いたように一歩身を引いた。だが、すぐに顔から表情が消え、ひかりを避けるように視線を落とした。

根岸は飄然と立ったまま宗二郎の右の趾《あしゆび》を見ている。わずかな趾の動きで、斬撃の気配を察知しようとしているのだ。

しかも、根岸は視線を落としたまま、ひょい、ひょいと踊るように足踏みを始めた。風来の剣である。

根岸の動きにはかまわず、宗二郎はすこしずつ切っ先を下げ、趾を這うようにさせながら間をつめていった。

その切っ先が下段の位置まで下がったときが勝負だった。

この間、三橋や繁市の手下もすこしずつ囲いをつめ始めていた。息詰まるような緊張が、辺りをつつんでいる。
そのとき、ふいに足音がした。元締！　という臼井の声がし、つづいて、蓮見の旦那ァ！
と佐吉の声がひびいた。
ふたりの声が、根岸と宗二郎との間の緊張を破った。突如、弾かれたようにふたりの体が
前に跳んだ。
イヤアッ！
タアッ！
ほぼ同時にふたりの鋭い気合が夜気をつんざき、ふたつの閃光が疾《はし》った。
根岸の切っ先が宗二郎の鍔元に伸び、宗二郎のそれが面へ伸びる。だが、ふたりの斬撃は
空を切った。先に伸びた根岸の切っ先が、かすかに宗二郎の手の甲をかすめたが、うすく皮
肉を裂いただけである。
両者は背後に大きく跳び、ふたたび向き合った。宗二郎は青眼に、根岸はだらりと刀身を
下げる。
宗二郎は全身に鳥肌がたった。
一瞬だが、根岸の方が迅《はや》かったのだ。臼井たちの声に誘発され、わずかに遠間《とおま》から仕掛け
たために助かったが、根岸の間からやりあっていたら腕を落とされていたろう。
根岸の口元から、ホッ、ホッ、とちいさな吐息が洩れた。表情は変わらなかったが、両肩

がかすかに波打っていた。激しい動きで、息が乱れたらしい。

「次は、その腕を落とそうぞ」

　そういうと、根岸はまた踊るように跳ねだした。

　宗二郎は青眼からすこしずつ切っ先を下げ始めた。いまは、鱗返しで立ち向かうより他に術がなかったのだ。

6

　そのとき、臼井と佐吉が駆け込んできた。臼井は肩を上下させて、荒い息を吐いた。赭黒く染まった顔に汗が浮いている。走りづめできたようだ。佐吉の息も乱れていたが、臼井ほどではない。走り慣れているせいであろう。

　それでも臼井は、その場を見やり、三橋と佐平次の間に割って入ると、

「おれが相手だ！」

　といって、三橋と対峙した。

　佐平次は左腕も斬られていて、血まみれだった。激しい興奮と憤怒とで、目をひき攣《つ》らせ歯を剝き出していた。阿修羅のような顔である。

「佐平次、こいつはおれにまかせろ」

臼井は抜刀し、切っ先を三橋にむけた。

「旦那、頼みましたぜ」

佐平次は、繁市たちの方に体をむけて短矢を構えた。まだ、右腕は使えるらしい。

「辰、利助、殺っちまえ！」

繁市は声を上げたが、顔には動揺の色があった。臼井までが駆け付けるとは思わなかったのであろう。

佐平次はずかずかと繁市たちの方に歩を寄せ、

「てめえら、ひとりも生かしちゃァおかねえ！」

と叫びざま、手にした短矢を手下のひとりにむかって投げた。間髪をいれず、次の矢を繁市にむかって放つ。

一本目の矢が、手下の顔面に当たった。ギャッ、と凄まじい悲鳴を上げ、顔をおさえて、その場にうずくまった。二本目の矢は、繁市の肩口をとらえた。繁市はすぐに引き抜いたが、その顔が蒼白になり恐怖にゆがんだ。

「に、逃げろ！」

繁市は後じさって間をとると、くるりと後ろをむいて駆けだした。手下たちも、慌てて後を追う。佐平次の矢を顔に受けた男も、手で顔を押さえながら逃げた。頰に突き刺さったが、走れるようだ。

だが、三橋と根岸はすぐに逃げなかった。三橋は八相に構えたまま、臼井と対峙していた。一方、根岸も宗二郎と向かい合ったまま剽げたように体を躍動させている。そのふたりの左右に、佐平次と佐吉がまわり込んだ。

根岸は左手にまわってきた佐平次が、短矢を放とうと身構えているのを見て、

「今夜は、ここまでのようじゃな」

そういって、つ、つ、と後じさった。

根岸の様子を見た三橋も同じように、臼井との間をとった。

「逃がすか！」

叫びざま、佐平次が短矢を放った。

ひょい、と身をかがめて矢をかわすと、根岸は素早い動きでさらに後じさった。そして、大きく間をとると反転し、小走りに遠ざかっていった。三橋も後を追うように駆けだした。

宗二郎は追わなかった。その場につっ立って、ちいさくなっていく根岸の後ろ姿を見つめていた。

……根岸の弱点かもしれぬ。

宗二郎は、かすかな光明を見たような気がした。

根岸が立ち合いのなかで見せた息の乱れである。いかに鍛え抜いた体であっても、老齢がその体力を奪っているのだろう。息の乱れをつけば、風来の剣をくずせるかもしれぬ、と宗

二郎は思った。

立っている宗二郎のそばに、臼井が近寄ってきた。

「蓮見どの、あやつが根岸か」

「そうだ、おぬしが立ち合ったのが三橋だ。やつは、矢貝道場の師範代だよ」

「なかなかの遣い手だな」

「ところで、佐平次はどうした」

宗二郎は、すこし離れたところで屈み込んでいる佐平次に目をむけた。佐吉が佐平次の顔と腕に手ぬぐいを巻きつけている。

「大事ないか」

近寄って、宗二郎が声をかけた。

「へい、かすり傷で」

佐平次の顔は蒼ざめていた。横鬢《よこびん》の肉をそがれ、左の二の腕を浅く斬られていた。命にかかわるような傷ではないが、出血は多く顔と腕が血だらけだった。

脇にいた文蔵が、佐平次に目をやりながら、

「油断でしたな。……宗二郎さんや臼井さんが駆け付けてくれなければ、いまごろ息の根をとめられていました」

そういって顔を伏せ、いっとき虚空に目をとめていたが、何か思いついたように急に顔を

上げて、

「たしか、宗二郎さんがひとり斬りましたな。あいつが、まだ残っているはずだが……」

そう言って、左右に目をやった。

男がひとり、堀端の叢《くさむら》でうずくまっていた。低い呻き声が聞こえる。まだ、生きているようだ。

「あいつに、訊きたいことがある」

そういうと、文蔵はうずくまっている男の方に近寄った。

文蔵は男を背後から抱きかかえるようにして身を起こさせた。肩口から噴き出た血が、着物を真っ赤に染めている。出血が激しく首筋や襟元から流れ落ちていた。

男は抵抗せず、文蔵のなすがままになっていた。土気色の顔が苦痛にゆがみ、目だけが怯えたように動いている。だれの目にも、男が長くないと見てとれた。

「おまえの名は」

文蔵はおだやかな声で訊いた。

男はわずかに首を振って拒絶の態度を見せた。

「おまえを捨てて逃げた繁市をかばうのか。……このまま捨てて置かれれば、野犬が集まり、おまえの肉を食いちぎるぞ。助かるかどうか知れぬが、わしが手当してやろう」

「……………」

首をひねって文蔵を見つめた男の目に、懇願するような色が浮いた。

「佐吉、この男の肩口をわしの手ぬぐいで縛ってやってくれ」

そういうと、文蔵は左手でふところから手ぬぐいを出して佐吉に渡した。

佐吉は、男の裂けた袖を引きちぎり、肩口の傷に当てて手ぬぐいで縛った。男はかすかに顔をやわらげた。その程度の手当で出血がとまるはずはなかったが、傷口が見えなくなったことで、男はいくぶん気が休まったのかもしれない。

「おまえの名は」

もう一度、文蔵が訊いた。

「た、竹七……」

絞り出すような声で、竹七がいった。

「繁市が、辰といってたが、あれは辰五郎のことか」

文蔵は伊三郎と思っていたのだ。

「そ、そうだ。辰五郎の兄貴だ」

竹七が苦しそうな顔で答えた。

そのとき、ふたりのやり取りを後ろで聞いていた佐吉が、元締、やつはまちがいなく辰五郎ですぜ、と口をはさんだ。そして、稲荷に集まっているとき、繁市が辰五郎と呼んでいたことをいい添えた。

「そうだったのか」

どうやら、伊三郎は繁市と同様、音造の許を出てから辰五郎と名を変えていたようだ。

文蔵は、太田屋の帰りにこれだけの人数に待ち伏せされたからくりが読めたような気がした。

文蔵をおびき出すために、繁市の命令で辰五郎が太田屋に脅しをかけたのである。もともと文蔵を引き出すためだったので、ありふれた脅しでもかまわなかったはずだ。そして、繁市は手下に命じて、鳴海屋ではなく太田屋を見張らせたのだ。

「元締、するってえと、太田屋もぐるですかね」

文蔵の後ろで聞いていた佐平次が、声をはさんだ。佐平次も、繁市たちの待ち伏せの背景が読めたようだ。

「それはどうですかね。八兵衛さんが、それほど肝の太い人とは見えませんがね」

八兵衛が繁市とぐるなら、あれほど落ち着いて飲んではいられなかったろう、と文蔵は思った。

それに文蔵を引き出すためだけなら、なにも八兵衛まで仲間に引き入れることはないのである。繁市は帰り道に襲撃しやすい場所として太田屋を選んだだけであろう。

そんなやり取りをしている間に、竹七の息が荒くなってきた。土気色をした額にうすい汗が浮き、喘《あえ》ぐように息を吐いている。

「竹七、しっかりしろ」

文蔵が声をかけた。

だが、竹七は反応しなかった。さらに息が乱れ、目が虚ろになった。いっとき、背筋を伸ばすようにして息を吸い込んでいたが、ふいに息がとまり、がっくりと首が折れた。

「こと切れたようです」

文蔵は竹七をそっと横にし、立ち上がると、

「明日、早いうちにまわり役の者をよこして回向院《えこういん》にでも埋めてやりましょう」

そういって、降るような星空に顔をむけた。

始末人たちも空を見やった。静かな夏の夜更けだったが、夜気のなかには血の濃臭がただよっていた。

第六章　風来の剣

1

障子の間から、涼しい風が流れ込んでいた。秋の気配を感じさせる涼気である。障子のむこうに、蒼穹がひろがり白い雲が浮いていた。深川の町の家並のむこうには、江戸湊の青い海原が広がっている。空と海の青一色のなかを、白い帆を立てた大型の廻船がゆっくりと過ぎていく。

「いい陽気になりましたな」

文蔵はいつものように長火鉢を前にして座り、障子のむこうに目をやっていった。

鳴海屋の二階の座敷には、五人の始末人が顔をそろえていた。宗二郎、臼井、銀次、伊平、佐平次である。

文蔵と佐平次が太田屋の帰りに襲われてから、一月《ひとつき》ちかく経っていた。佐平次の横鬢のところに痛々しい傷跡が残っていたが、ほぼ傷は癒えたようである。

「いっそのこと、夜更けにでも守蔵屋に押し込んだらどうだ」

宗二郎がいった。

文蔵たちが襲われた後、まず繁市と手下の辰五郎を始末しようということになった。繁市を生かしておくと、いつどんな手で文蔵の命を狙ってくるか知れなかったからである。

辰五郎を始末したいといいだしたのは佐平次だった。

「あっしは、太田屋さんから辰五郎の強請の始末を頼まれやしたが、繁市の手下じゃァ、縁切り料を渡して手を打つわけにはいかねえ。この間の借りも返してえし、あっしの手で辰五郎を片付けてえんで」

佐平次がそういうと、

「それじゃァ、辰五郎は佐平次さんに頼みましょう」

と、文蔵が簡単に承諾したのである。

その後、始末人やヒキが総出で、繁市や辰五郎をつけまわしたが、なかなか斃《たお》す機会がなかった。それというのも、繁市が警戒してほとんど守蔵屋から出なかったし、たまの外出時には何人もの子分を引き連れていたのだ。

「守蔵屋に踏み込めば騒ぎが大きくなりますし、わたしらが手にかけたと、分かってしまいますよ」

文蔵はおだやかな声音でいった。

文蔵には、人目に触れるような場所で繁市を殺せない理由があった。町方の詮議もわずらわしかったが、それより繁市が真砂の音造とかかわりのあることが面倒だった。下手に繁市を始末して音造に知られれば、音造が文蔵に対して牙を剝く恐れがあった。浅草、下谷、本所という広い地域を縄張に持つ音造とまともにやりあったら、文蔵でも太刀打ちできないかもしれない。

「では、いつまで待てばよい」

臼井が訊いた。

「なに、そのうち動きますよ。繁市のような男が、いつまでも家のなかに籠っていられるとは思いません。佐吉さんたちが、きっといい報《し》らせを持ってきますよ」

文蔵は、自信ありそうにいった。

こうしている間も、佐吉や孫八などのヒキが繁市を尾けたり、立ち寄りそうなところを見張ったりしていたのだ。

「わたしが、今日みなさんに集まってもらったのは、他にわけがありましてね」

文蔵が声をあらためていった。

「他のわけとは」

宗二郎が身を乗り出すようにして訊いた。

「みなさんに気をつけていただきたいと思いましてね。……繁市の方でも、わたしや始末人のみなさんを一刻も早く片付けたいと思ってるんじゃァないでしょうか。むこうには、根岸と三橋がいます。守蔵屋に出入りしている子分も、七、八人はいるとか。このまま繁市が指をくわえて見てるはずはありません。……みなさんがひとりになったときを狙って、襲ってきますよ」

繁市が失った手駒は、室田だけである。根岸と三橋という大駒が残っている以上、繁市の方から仕掛けてくる可能性が強かったのだ。

「文蔵どののいうとおりだが、他には」

宗二郎は、文蔵がそれだけのことをいうために、五人の始末人を集めたとは思えなかった。

「もうひとつ、みなさんのお耳に入れておきたいことがございます」

そういって、文蔵は一同に目をやり、一呼吸置いてからつづけた。

「前々から気になっていたんですが、やっと見えてきました。……繁市と根岸や室田たちのつながりですよ。繁市はいまでこそ献残屋のあるじ面《づら》してますが、根はやくざ者です。その繁市と、根岸や室田のような武家がむすびついて、殺しなどに手を染めたんだろうと不思議に思っていたんです。根岸と室田は老いたりとはいえ武士、しかも武芸の達人です。よほどのことがなければ繁市などのいいなりにはなりませんよ。そうでしょう」

「たしかにな」

室田はともかく、根岸のような一徹な達人が繁市の仲間にいることは、宗二郎にも不可解だった。

「根岸や室田には、別の頭格がいたんですよ」

「だれだ」

「矢貝毅之助ですよ」

「やはり矢貝か」

宗二郎も矢貝が一味のひとりだとは思っていた。それというのも、矢貝道場に駆けつけた繁市の手下らしき男が矢貝と言葉を交わしていた、という話を佐吉から聞いていたからである。それに、室田、根岸、三橋の三人は、矢貝道場で門弟に稽古をつける立場だった。そうした男たちの悪事を、道場主の矢貝が知らぬはずはないのだ。

「佐吉さんから矢貝の話を聞きましてね。まわり役の者たちに頼んで、下谷近郊で矢貝道場のことを聞き込んでもらったんですよ」

そう前置きして、文蔵が話しだした。

まだ、矢貝道場が神田花房町にあったころ、真砂の音造の手下の何人かが門人として通っていたという。喧嘩や出入りのときに役にたつとでも思ったのかもしれない。それに、矢貝道場は刀術だけでなく武芸百般を教えていたので、帯刀していない町人でも役に立つ武芸が習得できたのであろう。

「そうしたかかわりがあって、道場主の倅だった矢貝は音造の手下の繁市と面識をもったようです。まわり役の者が花房町の料理屋で聞き込んだらしいが、矢貝と繁市がいっしょに飲みにきたこともあったそうですよ。……その後、父親の織部が死に、矢貝が道場を継いだようです。ところが道場は古く、修繕もきかないくらい傷んでいた。そのため、矢貝は新しく道場を中御徒町に建てようとしたが、金の工面がつかない。そこで、繁市に相談したわけですよ」

文蔵によると、そうした経緯は当時の門弟や大工などを当たって聞き込んだという。さすがである。鳴海屋のまわり役やヒキの探索能力は、岡っ引きや下っ引きをはるかに凌ぐのである。

「そのとき、繁市が矢貝に殺しの仕事を持ち込んだとみてるんですがね」

と、文蔵が低い声でいった。推測も多いのだろうが、その声には断定するようなひびきがあった。

「すると、矢貝も殺し屋か」

「いまはどうでしょう。矢貝は、殺し屋の元締のような役割をになっているんじゃァないかとみてるんですがね。つまり、繁市が殺しの請負人で、矢貝が殺し屋の元締ですよ。献残屋と道場主はそれぞれの隠れ蓑と見ましたがね。……室田、根岸、三橋の三人は道場主である矢貝の指図で動いていたんです」

「うむ……」

宗二郎にも、若松と山岸屋の主人が殺された事件にかかわった一味の図式が見えてきた。

繁市が清水屋利兵衛とお吉からそれぞれ殺しの依頼を受けて矢貝に伝え、矢貝が室田、根岸、三橋のうちのだれかに指示して殺しを実行させたのだろう。むろん他のこまかな事件は、繁市が手下を使ってやったにちがいない。

「そうなると、繁市を始末しても矢貝が残るわけでしてね。いずれ、矢貝とも決着をつけねばならなくなるでしょうよ」

「そうだな」

文蔵のいうとおり、繁市と辰五郎だけ片付けても決着はつかないだろう。

「わたしはね、繁市よりも矢貝が気になってましてね。……矢貝は三橋と根岸を使って、まちがいなくわたしらの命を狙ってきますよ。それに、まわり役の話では、このところ三橋と根岸の姿が道場にないそうで」

文蔵はそういうと、

「そういうわけでしてね。みなさん、じゅうぶん気をつけてくださいよ」

と、低い声でいい添えた。その顔に不安そうな翳《かげ》が張り付いていた。

2

佐吉はここ半月ほど、お吉を見張っていた。かならず、繁市と逢引するはずだと読み、そのときが繁市を始末する好機だと思っていた。

逢引のときは繁市も子分から離れるだろうし、お吉といっしょに殺せば、若松の主人の清右衛門から受けた始末のけりもつくのである。それに宗二郎も、なんとかお吉といっしょに始末したいと口にしていたのだ。

だが、お吉はなかなか動かなかった。たまに、店を出ることもあったが、尾けてみると、富ケ岡八幡宮や洲崎弁財天への参詣だった。ときおり、お吉が繁市との逢引に使っていた柳橋の萩乃屋に足を運び、女中から話を聞いたが、このところお吉も繁市も姿を見せないという。

その日、佐吉は小間物屋の脇の路地から向かいにある若松の玄関先を見ていた。ここに張り込んで、二刻（四時間）ほど経つ。同じ場所に立っていては近所の者が不審に思うだろうと、ときおり路地から出て表通りをぶらついたり、ちかくのそば屋に立ち寄ったりして、見張りをつづけていた。

八ツ（午後二時）過ぎだった。若松の玄関先に見覚えのある女が姿をあらわした。

……お吉だ。

鼠地《ねずみじ》に白格子の単衣に黒下駄、着物の裾から赤い蹴出《けだ》しが覗いている。料理茶屋の女将というより、芸者を思わせるような粋な姿だった。

お吉は表通りへ出ると、八幡宮の方へ歩いていく。

佐吉は後を尾けた。尾行は楽だった。八幡宮の門前へつづく通りは参詣客や遊客などで賑わっていて、身を隠す必要もなかったのだ。

お吉は八幡宮の門前まで来ると、右手にまがった。八幡宮とは逆方向である。

……お参りに来たんじゃァねえようだ。

佐吉はお吉との間をつめた。

お吉の前方は掘割になっていて、橋がかかっている。橋のむこうは佃町《つくだ》である。お吉は橋のたもとを右手にまがった。そして、掘割の岸辺に寄ったと思うと、ふいに岸辺のむこうにお吉の姿が沈むように消えていった。そこに石段でもあって、水辺へ下りていったのであろう。

佐吉は走った。すこし離れた岸辺から見ると、お吉の消えた場所にちいさな桟橋があり、それにつづく石段があった。

桟橋にお吉はいた。ちょうど、猪牙舟に乗ろうとしているところだった。艫《とも》には竿を手にした船頭が立っている。

……舟でまくつもりか！

尾行者をまくために、舟を用意したようだ。お吉は繁市に逢いに行くにちがいない。

佐吉は桟橋の方に走った。

すぐに、舟は桟橋を離れ舳先を大川方面へむけた。

佐吉は舟で尾けたかったが、ちかくに繋いである舟はなかった。しかたなく堀沿いの道を走って、お吉を乗せた舟を追った。走りながら船頭の後ろ姿を目にしたとき、どこかで見たことがあるような気がした。

……房造だ。

船政の船頭である。お吉が洲崎弁財天への参詣の帰りに襲われたとき、助けた男だ。佐吉は、熊井町へ訪ねていって房造に会い、そのときの様子を聞いていた。

佐吉は足をとめた。遠ざかっていくお吉の後ろ姿を見ながら、

……房造もぐるだったのか。

お吉を襲った男も助けた男もぐるで、もっともらしく見せるために一芝居打ったようだ。

……繁市との逢引の場所は船政かもしれねえ。

と、佐吉は思った。繁市は、柳橋の萩乃屋には鳴海屋の者がはりついていると読み、逢引の場所を船政に変えたにちがいない。船宿なら、舟でそのまま行ける利点もある。

佐吉は確認するため、船政へ行ってみた。船政の前の桟橋にいた別の船頭に訊くと、思っ

たとおりお吉と繁市が来ているという。

「繁市は、ひとりで来たのかい」

佐吉は、老齢の船頭に袖の下を渡して訊いた。

「いえ、辰五郎という男がいっしょで」

船頭によると、辰五郎が船頭として繁市を舟で乗せてきたという。繁市と辰五郎には鳴海屋の者が見張っていたはずだが、うまくまいてきたようだ。辰五郎は繁市とは別の部屋で酒を飲んでいるとのことだった。

「ところで、繁市とお吉だが、ときどき来るのかい」

「いえ、あっしが見かけたのは二度目で」

「すぐには帰《けえ》らねえだろうな」

まだ、西の空に陽があった。ふたりで過ごす夜はこれからであろう。

「ふたりで一杯《いっぺえ》やってるようだから、二刻（四時間）はいるんじゃァねえかな」

船頭は口元に卑猥な嗤いを浮かべていった。ふたりで、たっぷり逢瀬を楽しむということだろう。佐吉にとっては、都合がよかった。こっちにも、たっぷり準備の時間があるのだ。

「房造さんだが、船政に来て長いのかい」

佐吉が別のことを訊いた。

「いえ、まだ一年ほどで。ここへ来るまでは、黒江町の清滝で箱屋《はこや》をしていたとか」

清滝はお吉が吉丸という名で芸者をしていたときの置屋で、箱屋は芸者について三味線箱などを運ぶ男衆《おとこしゅ》である。房造は清滝の箱屋として、お吉の供をしたこともあったのだろう。房造は、繁市の手下というより、お吉の知り合いのようだ。

「ありがとよ」

佐吉は船頭に礼をいって、桟橋から通りへもどった。

……殺るなら、今夜だ。

と、佐吉は思った。

すぐに入船町へ走り、甚助店にいる宗二郎に会った。

佐吉から、ことの次第を聞いた宗二郎は、

「繁市とお吉のほかに、辰五郎がいるのだな」

と、念を押した。

「へい、船頭としてきたようで」

場合によっては、房造もいるかもしれない。だが、刃物を持ってむかってくるようなことはないだろう。

「ならば、佐平次に知らせねばならんな」

宗二郎は、佐平次が始末をつけるために辰五郎を狙っていることを佐吉に話した。

「それじゃァ、あっしが佐平次さんに知らせますぜ。鳴海屋に寄れば、佐平次さんの居所も分かりやしょう」

「そうしてくれ」

宗二郎は刀を手にして立ち上がった。宗二郎と佐吉は、熊井町にちかい掘割にかかる八幡《やはた》橋で会うことを約して、表通りへ出たところで別れた。

宗二郎が八幡橋のたもとで小半刻(三十分)ほど待つと、佐吉と佐平次が急ぎ足でやってきた。佐吉の話では、文蔵から佐平次は長屋にいると聞いて足を運び、いっしょに来たという。

「ありがてえ、これで借りが返せますぜ」

そういって、佐平次は胸に手をやった。得意の短矢をしのばせてきたようだ。

三人は熊井町への道すがら、繁市、お吉、辰五郎の三人を始末する方法を相談した。

「おれたちの手で、殺ったと知られたくないが……」

真砂の音造に鳴海屋の者が殺ったと知られると、後が面倒なのだ。

「三人は、船政から桟橋に出てくるはずだ。そこを待ち伏せたらどうです」

佐吉がいった。

「暗がりなら、通りがかりの者に見られることもねえでしょう」

歩きながら、佐平次が口をはさんだ。

すでに、あたりはとっぷりと暮れて、夜陰が町筋をつつみ始めていた。これなら、通行人の目を心配する必要はなさそうだ。

「船頭がいっしょではないのか」

「へい、猪牙舟を二艘使うはずで。となりゃァ、船頭はふたり。繁市を乗せるのは辰五郎だが、お吉の方は房造という船頭だと思いやす」

佐吉が房造のことを簡単に話した。

「よし、房造にはかわいそうだが、すこし痛い目をみせてやろう」

三人の考えは、繁市たちが桟橋に出てきたところを襲うということでまとまった。

3

大川の川面が月光を映して、仄白《ほのじろ》くひかっていた。汀《みぎわ》に寄せる川波の音が絶え間なく聞こえてくる。あたりは夜陰につつまれていたが、船政の二階からは灯が洩れ、くぐもったような男の声や女の含み笑いなどが聞こえてきた。

宗二郎、佐吉、佐平次の三人は大川に設けられた桟橋のそばにいた。川岸に引き上げられた猪牙舟があり、その陰に身をひそめていたのだ。

桟橋は船政の専用らしく、浅場に杭を打ち厚い板を渡しただけのもので、二艘の猪牙舟が舫ってあった。船政の裏手から石段を下りると、すぐに桟橋に出られるようになっている。

「そろそろ出てきてもいいころだな」

宗二郎たちが、そこに身をひそめて小半刻（三十分）ちかく経っていた。すでに五ツ（午後八時）を過ぎているだろう。逢瀬を楽しむにしても長過ぎる。

「旦那、来やした」

佐吉が声を殺していった。

見ると、船政の裏口から人影があらわれ、桟橋の方に歩いて来る。だが、ひとりだった。しかも、半纏に股引姿。船頭らしい。

「やつが、房造で」

「先に来て、舟を出す用意をするつもりではないか」

「そのようで」

見ていると、房造は桟橋を歩き、舟のそばに来て、舫い綱をはずしにかかっていた。

「佐吉、やつを縛る縄を持ってるか」

「へい、念のために細引《ほそびき》はいつも持っておりやす」

「よし、先にやつを始末しよう。佐吉、おれの後からきてくれ。佐平次はここにいて、繁市たちが出て来たら知らせてくれ」

そういうと、宗二郎は立ち上がり、袴の股だちを取り手ぬぐいで頬っかむりした。そして、桟橋にむかってゆっくりと歩きだした。佐吉がすこし離れて後ろから跟《つ》いていく。

桟橋を歩く足音に気付いたのだろう。舟梁に腰を下ろしていた房造が立ち上がった。驚いたような顔が月光に浮かび上がったが、宗二郎とは気付かなかったようだ。

「船頭、舟を借りるぞ」

宗二郎はそういうと、もう一艘の舟の舫い綱をはずしにかかった。

「だ、旦那、困りやす。その舟は、すぐに使うことになってますんで」

房造が慌てて舟から下りてきた。

かまわず、宗二郎は舫い綱をはずそうとした。

「勝手なことをされちゃァ、困るんですよ」

酔った牢人とでも思ったらしい。房造は怒ったような声でいって、宗二郎のそばに走り寄ってきた。

房造が近寄ると、ふいに宗二郎が向き直り、スッと身を寄せた。宗二郎の体がわずかに沈んだと見えた瞬間、房造が喉のつまったような呻き声を上げてのけ反った。

柄頭で、房造のみぞおちを打ったのである。

渋沢念流には、「水月《すいげつ》」と呼ばれる柄当《つかあ》ての秘術があった。鞘の鯉口《こいぐち》のちかくを左手で握って鞘ごと突き出し、むかってくる敵の顔面かみぞおちに柄頭を当てる。そして、相手の怯む一瞬の隙をついて抜刀し、袈裟がけに肩口から斬り下ろすのだ。

このとき、宗二郎は抜かずに、柄頭で当身をくれたのである。

「佐吉、猿轡《さるぐつわ》をかまして縛り上げろ」

房造は気を失っていたが、いつ気付くか分からない。

「へい」

佐吉がすばやく房造に猿轡をかませて縛り上げると、ご丁寧に目隠しまでした。そして、宗二郎と佐吉とで房造を舟の陰にいる佐平次のそばに運んだ。

「間に合ったようだな」

「へい、まだ繁市たちは出てきやせん」

佐平次は船政の裏口に目をやったままいった。

「よし、佐吉、舟で待ってろ」

宗二郎がいうと、佐吉はすぐに桟橋にもどって房造のいた舟に乗り込み、舟梁に腰を下ろした。近付かなければ、房造が乗っているように見えるはずだ。

いっとき待つと、船政の裏口で男の濁声が聞こえた。繁市である。お吉と辰五郎をつれていた。機嫌がいいらしく、何やらお吉に話しかけ、弾けるような笑い声を上げた。

「旦那、来やした」

気がはやるのか、佐平次の腰が浮いた。

「待て、桟橋に出てからだ」

宗二郎が佐平次の肩に手をおいて押さえた。

そのまま三人は石段を下り、桟橋を舟の方に歩いていく。辰五郎が小走りに前に出て、佐吉の乗ったのとは別の舟に近付いた。舟を出すつもりのようだ。繁市とお吉が立ち止まり、身を寄せてなにやらささやき合っている。次の逢瀬の約束でもしているのかもしれない。

「行くぞ」

宗二郎が、立ち上がって抜刀した。

一気に石段を下り、桟橋を疾走した。渋沢念流、風走である。佐平次も後を追った。桟橋の板を踏む足音とともに、ふたつの黒い人影がすべるように繁市に急迫していく。

その足音に振り返った繁市が、目を剝いた。

「て、てめえは！」

声を上げ、ふところに手をつっ込んだ。匕首を呑んでいるようだ。

だが、繁市が匕首を抜き、身構える間はなかった。繁市が匕首をふところから取り出したとき、宗二郎は斬撃の間に踏み込んでいた。

気合も発せず、宗二郎は繁市の胸元を突いた。凄まじい斬撃だった。刀身が鍔元まで刺さり、切っ先が繁市の背から抜けた。繁市はつっ立ったまま左手で宗二郎の肩口を鷲づかみにし、身を顫《ふる》わせて獣のような唸り声を上げた。

いっとき、ふたりは身を密着させたまま動きをとめていたが、宗二郎が身を引きながら刀身を引き抜くと、繁市は腰からくだけるようにその場に倒れた。繁市は四肢を痙攣させていたが、すぐにぐったりとなった。ほぼ即死である。

宗二郎が繁市に走り寄るのと同時に、佐平次も仕掛けていた。辰五郎は宗二郎たちの姿を見ると、手にした舫い綱を放り出し、繁市の方へ駆けもどろうとした。

その辰五郎にむかって、佐平次が短矢を放った。

叫び声を上げて、辰五郎がのけ反った。胸に、佐平次の放った短矢が刺さっている。辰五郎はその場につっ立ち激しく身を顫《ふる》わせていたが、数歩よろめくと、桟橋にへたり込んだ。

辰五郎は両足を前に投げ出して座り込んだまま、がっくりと前に首を折った。短矢は辰五郎の心の臓をとらえたようだ。

お吉は目の前の出来事を身を固くして見ていたが、繁市が倒れると、悲鳴を上げながら佐吉のいる舟に乗り込んだ。

「ふ、房造、すぐに舟を出しておくれ」

お吉が声を震わせていった。

「そうはいきませんや。あっしは鳴海屋の佐吉で」

佐吉が頬っかむりを取った。

「そ、そんな……」

お吉は目を剝き、紙のように蒼ざめた顔でその場にしゃがみ込んだ。両手で船縁をつかみ、顫えている。

そこへ、宗三郎が近寄ってきた。

「お吉、おまえが、清右衛門さんの殺しを繁市に頼んだのだな」

宗三郎は強い口調で質した。

「ち、ちがうよ。あの人が、旦那を始末すれば、若松もおまえのものになるといって……」

お吉は、声を震わせていった。

「同罪だ。お吉、おれたちは清右衛門さんから始末料をもらってるんだ。清右衛門さんは守れなかったが、この始末、きっちりつけさせてもらうぞ」

「か、堪忍して」

お吉は船縁を伝うようにして宗三郎から逃れようとした。

「できぬ」

いいざま、宗三郎は手にした刀でお吉の背中を突き刺した。

お吉は、船縁につかまったまま動きをとめた。刀身がお吉の胸まで深々と刺さっている。

お吉は、船縁から川底でも覗いているような格好のまま動かなくなった。

4

繁市、辰五郎、お吉の死骸は、宗二郎たち三人の手で舟に乗せられて大川を下り、江戸湊まで運ばれて海中に捨てられた。房造はそのまま放置され、翌日になって船政の者に発見されたが、酔った牢人に腹を突かれて気を失ったと話すだけで、だれが何のためにそんなことをしたのかも分からなかった。

守蔵屋に出入りしていた繁市の手下や若松の奉公人などが、繁市やお吉の行方を探したようだったが、船政を舟で出たらしいということしか分からないらしかった。繁市の手下たちは、鳴海屋の者の手にかかったのではと疑ったようだが、親分を失ったことで統制がきかなくなり、ただ騒ぎたてるばかりだった。

宗二郎たちが繁市たちを始末して五日経った。

その日、彦七が甚助店に姿を見せ、

「鳴海屋に来て欲しいそうです」

と、文蔵の言葉を宗二郎に伝えた。

宗二郎が鳴海屋にいってみると、すでに臼井と銀次が来ていた。

文蔵の顔に翳《かげ》があった。臼井と銀次の顔も曇っている。あまりいい話ではないようだ。

「実は、昨夜、友吉《ともきち》が殺《や》られましてね」

文蔵が小声でいった。

友吉というのはヒキで、このところ矢貝道場を見張っていたはずである。文蔵の話によると、今朝、水道橋ちかくの神田川の土手で、友吉の斬殺死体が見つかったという。

「友吉は三橋を尾けてたようです。おそらく、三橋は尾行に気付いて返り討ちにしたのでしょう」

「うむ」

「それに、まわり役の者が鳴海屋のちかくを歩いている根岸の姿を見てましてね。三橋と根岸は、今後もわたしら鳴海屋の者を狙ってきますよ」

それは分かっていた。まだ、矢貝道場を塒《ねぐら》にしている殺し屋一味との決着はついていないのだ。そのために、ヒキやまわり役の者たちが、三橋と根岸の行方を追っていたのである。

「それでどうする」

宗二郎が訊いた。

「このままでは、やつらの手に落ちる者が増えましょう。こっちから、仕掛けます。この件は鳴海屋の今後がかかってますので、始末料はわたしがお支払いしますよ。根岸、三橋、矢貝、それぞれ五十両。それで、やっていただけますね」

文蔵が重いひびきのある声でいった。その顔から翳が消え、始末人の元締めらしい凄味のある表情があらわれた。

「そのつもりでいる」

宗二郎が答えると、臼井と銀次が無言でうなずいた。

「実はまわり役の者が、三橋の行方をつかんできましてね。昨日から、矢貝道場にもどってるらしいんですよ。……どうでしょう。今夜あたり矢貝道場に押し入って、ふたりを仕留めては」

文蔵が三人に目をやりながらいった。どうやら、最初からそのつもりで、三人を呼んだようだ。三橋と矢貝を斬るには、宗二郎、臼井、銀次の三人が適当と踏んだのであろう。

「根岸は」

宗二郎は、根岸が一番の強敵と思っていた。気になるのは、根岸の行方である。

「行方がしれません。ですが、三橋と矢貝を始末すれば、根岸も鳴海屋から手を引くのではないかとみておるのですが」

「それはどうかな」

根岸は殺し屋というより老いた剣客だった。他の者からは手を引くだろうが、宗二郎と臼井には決着がつくまで勝負を挑んでくるはずだった。だが、それは鳴海屋の始末人だからではない。剣に生きる者同士の勝負なのだ。

「いずれにしろ、三人いっしょというのは難しいでしょう」

文蔵がいった。

「分かった、やろう」

宗二郎がいうと、臼井も、よかろう、と同意した。あい変わらず、銀次は無言でちいさくうなずいただけである。


闇のなかを疾走してくる人影が見えた。武家屋敷のつづく通りを、黒半纏に股引姿の男が夜走獣のように走ってくる。

銀次である。銀次は宗二郎たちのそばまで走って来ると、

「矢貝と三橋は寝入ったようですぜ」

と、小声でいった。

子ノ刻（午前零時）ごろ、宗二郎と臼井は、矢貝道場からすこし離れた古刹の山門のそばにいた。

銀次だけが矢貝道場に侵入し、矢貝と三橋の様子を探ってきたのである。銀次は夜禽のように夜目が利く。夜の闇は銀次の世界だった。文蔵が宗二郎と臼井に銀次をくわえたのは、夜襲には銀次の力が欠かせないと踏んだからである。

銀次の話によると、三橋のいる道場も矢貝のいる母屋も灯《ひ》が消えたという。

「それで、道場にいるのは三橋だけか」

宗二郎は、門弟でも同宿していると面倒だと思った。

「へい、道場の着替えの間に三橋ひとりで寝ていやす。母屋には、矢貝と母親がいるようで」

「よし、やろう」

「だが、下手に道場や屋敷内に踏み込むと返り討ちにあうぞ」

臼井が目をひからせていった。

それは、宗二郎も承知していた。夜目の利く銀次ならともかく、明りのない屋内は闇が濃いはずである。下手に踏み込めば、勝手知った住人の餌食になろう。

「外へおびき出したいな」

頭上で、弦月がかがやいていた。屋外には、立ち合いにはじゅうぶんな明るさがある。

「ひとりなら、あっしが引き出しやすが」

銀次が小声でいった。

「それなら、矢貝を頼む。外でやり合う音がすれば、三橋も飛び出してこよう」

「そうしよう」

臼井も同意し、三人は矢貝道場にむかって歩きだした。

銀次のいうとおり、道場と母屋から洩れてくる灯はなく、ひっそりと夜の帳《とばり》につつまれていた。

道場を囲った板塀のそばで、宗二郎は刀の下げ緒で両袖を絞り、袴の股だちを取った。同じように臼井も戦いの身支度をととのえた。

「おれと臼井は庭先にまわろう」

「それじゃァ、あっしは母屋に入って矢貝を引き出しやす」

そういい置くと、銀次は壊れた板塀の隙間からスルリと敷地内に入った。

5

宗二郎は母屋に面した庭の隅に立っていた。臼井はすこし道場寄りに位置をとっている。

宗二郎が矢貝を、臼井が三橋を斬ることにしていた。

風があった。足元の夏草がザワザワと揺れている。すでに、丑《うし》ノ刻（午前二時）ちかいだろうか。宗二郎と臼井をつつんだ天空は降るような星空である。

銀次が母屋に侵入していっとき経ったが、まだ矢貝が出てくるような気配はなかった。

「臼井どの」

「なんだ」

「先に、矢貝を片付けたら助太刀させてもらうぞ」

矢貝の腕のほどは分からなかったが、三橋が手練であることを宗二郎は知っていた。臼井も、危ういかもしれぬと思ったのである。

「おれも、矢貝の腕によっては、おぬしに助勢するぞ」

臼井が目をひからせていった。すでに、その体には気勢がみなぎっていた。

そのとき、銀次は裏口の木戸を外し、台所に侵入していた。なかの闇は濃かったが、格子窓から射し込むかすかな月明りで、なかの様子は見てとれた。竈《かまど》や流し場などのある土間の先に狭い板敷きの間があり、奥の廊下へつながっている。廊下の右手が座敷になっていて、居間や寝間になっているようだ。

銀次は足音を忍ばせて廊下へ侵入した。闇のなかで銀次の双眸がうすくひかっている。寝間と思われる座敷から、かすかに寝息の音がした。

……矢貝だな。

と、銀次は思った。規則的な寝息は老いた女のものではなかった。

銀次はわざと足音をたてて廊下を歩いた。こうすれば、盗人でも侵入したと思い、後を追ってくるはずだった。

すぐに、寝息がとまり、座敷が静まった。矢貝が気配をうかがっているのである。銀次は、そろそろと庭に面した廊下へ移動し始めた。

ふいに、夜具を撥ね除ける音がし、大気が動き、畳をする足音が聞こえた。

……きやがった！

銀次は廊下を走った。

すぐ後ろで、荒々しく障子をあける音がし、床を踏む音が静寂をやぶった。矢貝が追ってくる。寝間着だが、大刀を手にしていた。

銀次は廊下を走り、庭に面した引戸を蹴倒した。裏口にまわる前に、このあたりと見当をつけ、すぐに外れるようにしておいたのである。

そこから、銀次は庭先に飛び出した。

「待て、盗人《ぬすっと》！」

つづいて、矢貝が庭に躍り出た。

さらに矢貝は銀次を追おうとしたが、その足がふいにとまった。前方に立っているふたつの人影を見たのである。

「う、うぬら、鳴海屋の者だな」

一瞬、矢貝の面長の顔に驚きが浮いたが、すぐにふたりの扮装《いでたち》を見て事情を察知したらしく、左右に目をやった。ふたりを相手に戦うのは不利とみて、逃げ場を探したようだ。

そのとき、宗二郎は矢貝の正面に立っていた。臼井は道場よりの左手後方に、銀次が右手後方に位置していた。矢貝を三方から取り囲んでいたのである。

「渋沢念流、蓮見宗二郎。矢貝どのに一手ご指南いただきたく、参上した」

宗二郎が名乗った。

「な、なに、指南だと。多勢で取り囲んでおいて、何が指南だ!」

矢貝が声を荒だてた。興奮で声が震えている。

「立ち合うのは、おれだけだ。他のふたりは、検分役」

「お、おのれ!」

矢貝は手にした刀を抜き鞘を足元に捨てると、一間ほど後じさった。

そして、三橋、出会え! と、道場の方にむかって大声を上げた。

かまわず宗二郎は抜刀し、矢貝との間合をつめた。三橋を呼び出すのは、こっちの狙いどおりである。三橋が出てくれば、臼井が立ち向かうはずだ。

宗二郎は青眼に構え、斬撃の間の手前で寄り足をとめた。まず、矢貝の腕のほどを見極めようとしたのである。

矢貝は相青眼《あいせいがん》に構えた。さすがに関口流の道場主である。隙《すき》のない構えで、剣尖《けんせん》にも威圧があった。だが、合わせた切っ先がかすかに震えていた。気が昂《たかぶ》っているのである。

……勝てる。

と、宗二郎は思った。

矢貝は興奮して、身が固くなっていた。これでは、敵の動きの読みも瞬発力もそがれてしまう。実戦を踏んだ剣客なら、心の動揺が命取りになることを知っているはずだ。矢貝には、己の心の乱れを押さえられない若さがあった。

「参る」

いいざま、宗二郎はグイと間をつめた。

すると、矢貝の剣尖に斬撃の気配が満ち、全身に気勢がみなぎった。気攻《きぜ》めである。宗二郎も剣尖に気魄を込め、気で攻めた。

ふたりは動きをとめた。気の攻め合いである。

そのとき、道場の方で戸を荒々しく開け放つ音がし、若先生！　と、三橋の叫び声がひびいた。

一瞬、その音で対峙した宗二郎と矢貝の間の緊張に亀裂が入り、矢貝の剣尖がわずかに浮いた。刹那、宗二郎の体が躍動した。

イヤアッ！

タアッ！

ふたりの気合が夜の静寂をつんざき、閃光がふた筋の弧を描いた。

宗二郎の切っ先が矢貝の頭上に伸び、矢貝のそれは宗二郎の肩口を襲った。

両者は交差し、残心《ざんしん》の体勢のまま動きをとめた。

一瞬、一合の勝負だった。

ふいに、矢貝の顔がゆがみ、真額《まびたい》に血の線がはしった。次の瞬間、額が割れ火花のように血が噴出した。

宗二郎の着物の左肩口が裂けていた。だが、矢貝の切っ先は肌までとどいていない。宗二郎の踏み込みが一瞬迅く、しかも斬撃が鋭かったためだ。

矢貝は刀を取り落とし、闇でもつかむように両手を虚空に伸ばした。割れた額から血と脳漿が流れ出し、面長の顔を染めた。矢貝は呻き声を上げながらたたらを踏むように数歩よろめき、闇のなかに倒れた。

6

駆け寄った三橋の前に、臼井が立ちふさがった。

「三橋、おれが相手だ」

「うぬは、臼井だな」

駆け付けた三橋は寝間着だったが、裾をしごき帯の後ろに挟み、両脛をあらわにしていた。手には大刀をたずさえている。

「いかにも、有馬一刀流、臼井勘平衛。関口流、三橋弥三郎どのに立ち合いを所望」

いいざま、臼井が抜刀した。

「おのれ、夜中、他家に押し入っておいて、なにが立ち合いだ！」

三橋は憤怒に顔をどす黒く染めて叫んだ。矢貝が斬られたのを見て、激情が胸に込み上げてきたらしい。

宗二郎と銀次は三橋の後方に身を引いていた。

臼井は双手上段《もろてじょうだん》に構えた。大きな上段から敵の頭上に斬り下ろすのが得意技で、南無阿弥陀仏と唱えながら斬るので、拝み斬りの勘平衛との異名があった。

「うぬら、生かして帰さぬ！」

三橋は吠え声を上げ、八相に構えた。こちらもどっしりとした大きな構えだった。激情にかられているせいか、全身に猛々しい闘気が満ち、巨獣が牙を剝いて迫ってくるような凄味があった。

両者の間合は、およそ三間——。

痺れるような殺気がふたりをつつみ、磁力で引き合うようにジリジリと間合をせばめていく。

三橋の顔から拭い取ったように激情の色が消えていた。その面貌《おもて》は能面のように静かである。己の感情を鎮め、戦いに集中しているのだ。

……斬れぬ。

と、臼井は察知した。拝み斬りをふるった刹那、三橋の八相からの袈裟斬りがくると読んだ。よくいって、相打ちだと思った。

……波月《はげつ》を遣うしかない。

有馬一刀流には、波月と呼ばれる秘剣があった。波月は車《しゃ》の構えから、寄せて来る波を水平に薙ぎ払うように胴を斬る技である。車とは脇構えよりすこし腰を落としかげんにし、切っ先を背後に引いて水平にした構えである。この構えだと、刀身が敵には見えず、間合を読みにくくすることができる。波月は、この車から踏み込んでくる敵の胴を払うように斬るのである。

しかし、波月が秘剣と呼ばれる所以はそれだけではない。初太刀をかわされると、すばやく刀身を返し、二の太刀でふたたび胴を払い斬りにするのだ。つまり、次々に寄せてくる波を連続して斬り払うのである。

臼井は上段から車に構えなおした。

三橋の刀身がわずかに揺れた。車の構えに戸惑ったようだ。

だが、気の揺れはすぐに消え、ふたたび三橋の全身から痺れるような殺気が放射された。

三橋は足裏をするようにして、間合をせばめてくる。三橋が斬撃の間に踏み込んだ刹那、臼井の左肩先が、ピクッと動いた。斬撃の色（気配）を見せたのだ。

瞬間、ふたりの間に鋭い剣気が疾った。

タアッ！

裂帛の気合を発し、三橋が八相から臼井の頭上へ斬り込んできた。凄まじい斬撃だった。

オオッ！

一歩引いて、かろうじてかわした臼井は、車の構えから三橋の胴へ刀身を払った。

が、間が遠く、空を切った。

間髪をいれず、三橋が二の太刀を逆袈裟に斬り上げた。ほぼ同時に、臼井が刀身を返して胴を払う。逆袈裟の切っ先が臼井の二の腕をとらえ、臼井の切っ先は三橋の胴を浅くとらえた。

次の瞬間、ふたりは背後に跳ね飛んで間合をとっていた。

臼井の右手の腕から血が流れ、三橋の寝間着が裂けて腹部に血の線がはしった。だが、ふたりとも浅手である。

ふたたび、両者が八相と車に構え合ったとき、

「臼井！」

一声上げて、宗二郎が走り寄った。

両者は互角だった。宗二郎は次の仕掛けで、相打ちになるかもしれないと見たのである。

宗二郎の声に、三橋の視線が動いた。その一瞬の隙を、臼井は逃さなかった。

鋭く踏み込みざま、車から三橋の胴を払った。その切っ先が、斬り下ろす寸前の三橋の胴をえぐった。

三橋はそのまま振り下ろしたが、刀身が臼井の肩先をかすめただけだった。

グワッ、という呻き声を上げて、三橋がよろめいた。着物が裂け、腹部が血に染まっている。深くえぐったと見え、臓腑も溢れ出ていた。三橋は腹部を左手で押さえると、両膝をついて身をかがめた。

「武士の情け！」

臼井が声を上げ、三橋の背後から刀身を一閃させた。

にぶい骨音とともに三橋の首ががっくりと前に落ち、首根から血が噴き上がった。うずくまったまま三橋は血を撒いていたが、ゆっくりと横転し、叢《くさむら》のなかで動かなくなった。首根から噴出する血が草茎を揺らしながら、シュルシュルと音をたてていた。

「終わったな」

近寄って、宗二郎が声をかけた。

「ああ」

臼井はこわばった顔のまま、顎のあたりにかかった返り血を手の甲でこすった。

そのとき、ふたりの背後に歩を寄せた銀次が、

「旦那方、だれか家から覗いてますぜ」

と、声をかけた。

振り返って見ると、銀次がはずした雨戸の隙間からこっちを覗いている人影があった。

闇にとざされ、顔も姿もはっきりしなかったが、うすくひかる目と垂らした長い髪は識別できた。小柄な女のようである。矢貝の母親であろう、と宗二郎は察知した。泣き声も叫び声も上げず、暗闇から倅の死を見つめている、その姿はひどく陰湿で哀れをさそった。

「これは、剣に生きる者同士の立ち合いでござる」

そう声を上げると、宗二郎は逃げるように庭を出た。臼井と銀次も、慌てて後につづいた。

7

ゑびす屋は、混んでいた。川並、船頭、人足などの見慣れた男たちが、賑やかに飲んでいる。濁声を上げてしきりに仲間としゃべっている川並、田楽をつつきながら下卑た笑い声を上げる人足、なにやら唄っている初老の船頭。飯台を並べた土間は、ごった返していた。おさきは飯台をまわったり、料理場を手伝ったり、忙しくたち働いている。

宗二郎と佐吉は、宵の口から座敷に座り込んで飲んでいた。おさきは、ときどき顔を出したが、客が多いせいか腰を落ち着けることもなく、土間の方へもどってしまう。

矢貝道場に侵入して、矢貝と三橋を斬って五日経っていた。まだ、根岸が残っていたが、金が入ったこともあって、ふたりそろってゑびす屋に顔を出したのだ。

「旦那、もう一杯、どうです」

そういって、佐吉が銚子を手にした。

めずらしく、宗二郎は酒がすすまなかった。やはり、宗二郎は根岸のことが気になっていたのである。

「うむ……。ところで、その後、矢貝道場の方はどうなった」

猪口で酒を受けながら、宗二郎が訊いた。

「へい、一昨日、矢貝の母親が首をくって死んだそうで」

佐吉の話によると、五十八になる母親は門人の問いや町方の詮議に、ふたりは立ち合いで敗れた、としかいわなかったという。そして、倅の葬式が終わった夜、母屋の鴨居にしごき帯をかけて首をくったそうだ。

「母親は倅が何をやってたか、うすうす知っていたんじゃァねえんですかね。それで、旦那方のことを話すと倅の悪行が知れると思い、立ち合いで敗れたことにしたんですよ」

佐吉はしんみりした口調でいった。

「おれもそう思う。あれだけの門弟では食っていけんからな」

そういうと、宗二郎は手にした猪口に口をつけずに膳の上に置いた。母親が首をくったことを聞き、よけい気持が重くなったのだ。

「繁市の手下たちは、どうした」

宗二郎は別のことを訊いた。

「ちりぢりでさァ。音造のところへもどった者もいるし、姿を消しちまった者もいるし、ともかく、あっしらに手を出すようなことはねえようで。……それから、旦那、入船町でお吉を襲った男ですがね。辰五郎のようですぜ。端から、繁市とお吉が組んだ狂言だったんですよ」

佐吉は入船町の汐見橋付近をまわり、近所の店の者に辰五郎の人相を話して確かめたという。

宗二郎は別に驚かなかった。そんなことだろうと思っていたのである。

「それで、若松の方は」

「へい、清右衛門さんの弟が、浅草の方でちいさな料理屋をやってましてね。その弟が若松に入って、後をつづけるそうで。お吉を嫌がってた店の者は、ほっとして胸をなで下ろしてるようですぜ」

「なんとか始末がついたわけだな。……山岸屋の方もけりがついたようだし、後は根岸だけか」

宗二郎は、泥鰌屋の伊平が清水屋利兵衛を闇にまぎれて殺したことを聞いていた。

伊平は利兵衛が浜膳から出て通りへ出たところを後ろから駆け寄り、ぼんのくぼを泥鰌針で突き刺したという。伊平が自分なりに始末人としての筋を通したのである。

幸い、殺害現場は目撃されず、その後通りすがりの者が利兵衛の死骸を発見して町方に知らせたが、ぼんのくぼの傷には気付かず、酒を飲んだ後だったことも分かって、卒中と判断されたという。

「その根岸ですがね。旦那のことを狙ってるようですぜ」

佐吉が声をひそめていった。

「分かってる。そのうち、おれの前に姿をあらわすだろう」

根岸は室田の敵を討つことに執念を燃やしていたが、三橋や矢貝も宗二郎たちの手にかかったことは承知しているはずだ。根岸の宗二郎を討ちたいという思いはさらに強くなっているだろう。

「あら、あら、ふたりとも、しんみりしちゃって」

おさきは座敷に上がって来ると、宗二郎の脇に身を投げ出すように座った。

土間の方がすこし静かになっていた。客の何人かが、帰ったようだ。

「蓮見の旦那、うかぬ顔して、どうしちゃったんですよ」

おさきは、唇の先を突き出すようにしてしゃべった。

「おさきにつれなくされたせいだぞ。むさい男が顔をつき合わせて飲んでもうまくないからな」

宗二郎はふてくされたようにいった。

「そんなこといわないで、飲んでおくれよ。さァ、旦那」

おさきは銚子を取ると、さらににじり寄り、宗二郎の太腿あたりに自分のそれをくっつけるようにした。

とたんに、宗二郎の目尻が下がった。左手に持った猪口で酒を受けながら、右手がすばやくおさきの尻に伸びる。

おさきは、うふ、と含み笑いを洩し、ちいさく身をよじったが、嫌がりもせず、宗二郎のなすがままになっている。おさきもまんざらではなく、それに、宗二郎がそれ以上のことはしないと知っているのだ。

佐吉は白けた顔をして、手酌で飲んでいる。

いっときすると、すぐ、来るから、帰っちゃァいやですよ、とおさきは鼻声でいって、土間へもどっていった。まだ、おさきは忙しいようである。

それから、半刻（一時間）ほどして、宗二郎と佐吉は腰を上げた。今夜は、どうも酒がすすまないのである。

「もうすこし、いておくれよ」

と、鼻声で引き止めるおさきに、また、来る、といいおいて、宗二郎と佐吉はゑびす屋を出た。

外は夜陰につつまれていた。四ツ（午後十時）ごろであろうか。入船町の町筋は人影もなく、静まりかえっていた。晴天のせいか、ふたりの頭上で照る十六夜の月が妙にくっきりと見えた。ふたつの短い影が足元に落ちている。

「旦那、やっぱり根岸のことが気になるようで」

佐吉が宗二郎の顔を見上げながらいった。

「ああ」

「でも、てえしたもんだ」

「なにが」

「あれだけは、忘れねえ」

佐吉は右手を出してなでるような仕草をした。宗二郎がおさきの尻をなでたのをいっているらしい。

そのとき、ふいに宗二郎の足がとまった。

「佐吉、もっと、なでておけばよかったかもしれんぞ」

宗二郎の体に緊張がはしり、前方を見すえた双眸が鋭くひかっていた。

前方の掘割沿いの柳の陰に人影がある。軽衫に筒袖、一刀だけを帯びていた。

根岸である。根岸はゆっくりとした足取りで、道のなかほどに出てきた。

「待っていたぞ、蓮見」

根岸が声を上げた。すこし背を丸め、両腕をだらりと垂らしている。

根岸は飄々と歩みよってきた。その姿は頼りなげな老爺に見えるが、細い双眸がうすくひかり、幽鬼を思わせるような雰囲気が身辺にただよっている。

「旦那、大丈夫《でえじょうぶ》ですかい」

佐吉が不安そうな声でいった。

「尻をなでただけで、死んでたまるか。……佐吉、後ろへ下がってろ」

宗二郎は、刀の鯉口を切った。

8

宗二郎と根岸は、三間ほどの間合をとって対峙した。

「ご老体、どうあってもやる気か」

「うぬを斬らねば、あの世で室田たちに合わせる顔がないのでな」

根岸の声はやわらかかった。顔もおだやかである。体にも力みがない。枯れすすきのように、ゆらりと立っている。ただ、以前とちがって、その身辺に幽鬼のようなものが感じられた。

……こやつ、死ぬ気でいるようだ。

と、宗二郎は察知した。おそらく、勝ってもその場で腹を切るつもりでいるのかもしれない。根岸のただよわせている異様な雰囲気は死の覚悟と、勝負にかける強い一念からきたもののようである。

……強敵だ！

宗二郎は身震いした。わずかに残っていた酔いも、おさきのこともふっ飛んだ。

「一刀流、根岸夢斎、まいるぞ」

根岸は静かな声音で名乗ると、抜刀した。

「渋沢念流、蓮見宗二郎、いざ」

宗二郎は抜刀し、青眼に構えた。

対する根岸は、構えず、刀身をだらりと垂らしたままである。

宗二郎は、すぐに切っ先を敵の目線につけた。遠間《とおま》から鱗返しを遣うつもりだった。根岸はゆっくりと間合をつめてくる。

宗二郎は刀身を小刻みに揺らしながら、切っ先を下げ始めた。刀身が月光を反射《はね》て魚鱗のようなひかりを放つ。

根岸は視線を落とし、宗二郎の趾を見たまま、間を寄せてくる。やがて、斬撃の間にちかくなり、根岸は、ひょい、ひょい、と踊るような足踏みを始めた。

すると、宗二郎は刀身をスッと下段の位置まで下げた。刹那、宗二郎の全身に気勢が満ち、斬撃の気配がみなぎった。

一瞬、根岸の顔に戸惑った表情が浮いた。まだ、斬撃の間の外だったのである。

イヤァッ！

鋭い気合を発し、宗二郎が踏み込みざま下段から逆袈裟に斬り上げた。

根岸は、ちいさく跳ねながらその切っ先をかわす。すかさず、宗二郎は二の太刀をふるうべく刀身を返した。

その鍔元へ根岸の切っ先が伸びてきた。風来の剣の籠手斬りである。

宗二郎の斬撃は空を切り、右手に疼痛がはしった。だが、浅い。遠間で仕掛けたため、かすかに切っ先が手の甲の皮肉を裂いただけである。

宗二郎は背後に跳ね飛んだ。

ふたたび、宗二郎は青眼に構え、切っ先を敵の目線につけた。そして、刀身を揺らしながら、切っ先を下げ始めた。

根岸は、ひょい、ひょいと跳び始める。

宗二郎は、さっきと同じように遠間から仕掛けた。今度も、根岸の切っ先が浅く籠手をとらえたが、戦いを左右するような傷ではない。宗二郎は深手を負わないよう微妙な間を取って仕掛けていたのだ。

三度、宗二郎が切っ先を敵の目線につけたとき、根岸の口から、ホッ、ホッという吐息が洩れた。

根岸の息が乱れている。かすかに顔がゆがみ、おだやかな顔に夜叉を思わせるような凄絶な表情が浮いた。

宗二郎が待っていたのは、これだった。呼吸の乱れが、根岸の玄妙な剣を狂わせるはずだ。

……根岸、勝負！

宗二郎は、月光を反射ながら切っ先を下げていく。

根岸は踊るように跳ね始めたが、息が荒くなり、微妙に動きが乱れている。

宗二郎はみずから斬撃の間へ踏み込んだ。

イヤァッ！

タアッ！

同時に発したふたりの気合が、夜気をつんざいた。

刹那、ふたりの体が躍り、二筋の閃光が疾《はし》った。

宗二郎が下段から逆袈裟に斬り上げ、根岸の刀身が宗二郎の鍔元へ伸びた。宗二郎の手に皮肉を断つ手応えだけが残った。わずかな体勢のくずれと斬撃の遅れが、根岸の切っ先に空を切らせたのだ。

次の一瞬、両者は弾き合うように背後に跳んでいた。

根岸の右の二の腕が裂け、血が流れ出ていた。骨までは達しなかったが傷は深く、見る間に右手を赤く染めていく。

「ま、まだじゃ！」

根岸は、血の流れ出る右手で刀をぶら下げたまま宗二郎と対峙した。

息はさらに荒くなり、喘鳴のように聞こえた。目をつり上げ、歯を見せている。だが、怯えや恐怖はない。全身から、ぞっとするような異様な剣気を放射している。

「こちらから、仕掛けねばならぬようだ」

荒い息のなかで、そうつぶやくと根岸は、小刻みに跳ねながら間合をせばめてきた。一気に勝負を決するつもりのようだ。

宗二郎は、ふたたび青眼に構えた。鱗返しは遣わなかった。切っ先を敵の喉元につけたま、気を鎮めて根岸の斬撃の起こりを待った。

根岸は斬撃の間に踏み込むやいなや、だらりと下げた刀の柄を両手で握り直した。刹那、根岸の全身に斬撃の気が疾った。

それが、下段から逆袈裟に斬り上げる起こりだった。

宗二郎は短い気合を発しざま、鋭く根岸の正面へ斬り込んだ。

その切っ先が、籠手を狙って踏み込んできた根岸の顔をとらえた。

一瞬、根岸が動きをとめて佇立した。ふいに、額から顎にかけて血の線がはしった。次の瞬間、根岸の顔がふたつに割れた。いや、血が一気に噴き出したため、割れたように見えたのである。根岸の顔が、見る間に血に染まっていく。根岸は悲鳴も呻き声も上げず、つっ立ったまま血達磨《ちだるま》になっていた。だが、いっときすると、ぐらっと体が揺れ、腰からくずれるように倒れた。

「旦那ァ！」

佐吉が声を上げて、走り寄ってきた。

「やっと、けりがついたな」

宗二郎の顔も返り血を浴びてどす黒く染まっていた。人を斬った後の昂りのせいなのだろう、双眸がにぶくひかっている。

宗二郎は根岸の筒袖のあたりで刀身の血をぬぐうと、立ち上がって納刀した。

「旦那、手に怪我を」

佐吉は宗二郎の右手に目をやって訊いた。

「なに、かすり傷だよ」

宗二郎のこわばった顔がいくぶんやわらかくなった。

「それにしても、その顔、鬼のようですぜ」

「どんな顔でも生きていれば、女の尻を触れるし酒も飲める」

宗二郎は血に汚れた顔を左手でこすりながら歩きだした。佐吉が慌てて後を跟いていく。

「ちげえねえ。いずれ、おさきさんの尻も乳も触り放題、飲み放題。結構なことで」

「だが、そうなったときが、こっちの年貢の納めどきだ」
ふたりは、そんな馬鹿なことを言い合いながら、寝静まった町筋を足早に歩いた。短いふたつの影が足元で跳ねるように踊っている。

〈了〉

解説

小《お》栁《なぎ》治宣《はるのぶ》（文芸評論家）

蓮見宗二郎を主人公とする「深川群狼伝」シリーズは、本書で五冊目となる。『鱗光の剣』（一九九六）、『蚕骨の剣』（九七）の後、四年を経て『秘剣 鬼の骨』（二〇〇一）、『浮舟の剣』（〇二）が相次いで書下ろされたものの、その後また暫く待たされることになる。本書で、我々が蓮見宗二郎とその仲間たちに再会できるのは、実に三年ぶりのことである。

本シリーズのファンである私などは、「ようやく……」という感が強い。だが、その間作者が遊んでいたわけではない。鳥羽亮は、恐るべき勢いで、「秘剣」ならぬ「秘筆」をふるっていたのである。

『剣の道殺人事件』（一九九〇）で江戸川乱歩賞を受賞してから十年目、ちょうど世紀の変わり目ごろから、鳥羽亮は作家としての充実期を迎える。そのあたりを出版点数のデータで裏付けてみよう。

一九九九年　四冊
二〇〇〇年　四冊
二〇〇一年　七冊
二〇〇二年　十一冊
二〇〇三年　十冊

という具合である。しかもその中味は、同一のシリーズ作品ではない。時代も、主人公も異なる別個のシリーズが、いくつも併行して執筆されているのである。鳥羽亮ワールドのなかでは、毬谷直二郎シリーズ（『三鬼の剣』などが講談社文庫に収められている）に次ぐ古さを誇る「深川群狼伝」シリーズが書かれなかった、その背後では、新シリーズが次々と生み出されていたのだ。そのあたりを、ここで整理しておこう（年号はシリーズ第一作刊行年）。

①毬谷直二郎シリーズ（講談社文庫、一九九四）
②「深川群狼伝」シリーズ（講談社文庫、九六）
③「鬼哭《きこく》の剣」シリーズ（介錯人・野晒唐十郎、祥伝社文庫、九八）
④「天保剣鬼伝」シリーズ（幻冬舎文庫、九九）

⑤「剣客同心鬼隼人」シリーズ（ハルキ文庫、二〇〇一）
⑥「まろほし銀次捕物帳」シリーズ（徳間文庫、〇二）
⑦「剣客春秋」シリーズ（女剣士・千坂里美、幻冬舎文庫、〇二）
⑧「青江鬼丸夢想剣」シリーズ（講談社文庫、〇二）
⑨「はぐれ長屋の用心棒」シリーズ（華町源九郎、双葉文庫、〇三）
⑩「子連れ侍平十郎」シリーズ（双葉社、〇三）

ところで、剣豪小説にとって大切なのは、「勢い」である。その「勢い」の有無が、小説の善し悪しにつながってくる。「勢い」のある作品は、全編に生気があふれ、ぴんぴん跳ねているような躍動感が感じられるものだ。剣豪同士が対峙《たいじ》している場面では、両者の放つ「気」が読者を圧倒し、行間から息詰まるような緊迫感が迸《ほとばし》る。「生きがいい」小説とは、まさにそうした作品を指すのであろう。それこそが、「面白い」剣豪小説の必須条件ともいえる。

登場する剣豪たちが、いかなる秘剣を駆使しようと、「勢い」の欠如した小説では、その剣技も絵に書いた餅に等しい。そうなると、登場人物にも血が通わず、からくり仕掛けの剣術人形のようで、存在感が生まれてはこない。いかに構成が緻密であろうと、時代考証が完璧であろうとも、やはり「勢い」のない小説は、読者を夢中にさせはしない。

とすれば、生きのいい剣豪をいかに創造し、自らの構築した虚構の世界で勢いよく秘剣をふるわせるか——これが、血湧き肉躍る時代（剣豪）小説の命題といっていい。とはいえ、こうしたことを念頭に置いて、「勢い」のある時代小説作りに精進している作家は、意外に少ない。鳥羽亮は、そうした「勢い」のある時代小説の希少な書き手の一人なのである。

では、本書の「勢い」はどんなものであろうか。まずは、本書の中味を紹介していくことにしよう。

料理茶屋・若松の女将《おかみ》が、外出先の路上で、匕首《あいくち》をもった男に襲われた。その場はなんとか逃れたものの、男は、「若松のやつら、いつか、皆殺しにしてやる！」と言い残して去って行った。

その言葉の通り、暫くして若松の奉公人が殺されて金を奪われるという事件が起きた。若松に恨みをもっている者の仕業なのか？　その一件の始末を、蓮見宗二郎が引き受けることになった。宗二郎は、始末屋・鳴海《なるみ》屋がかかえる始末人の一人である。

他方、始末人の伊平は、材木問屋・山岸屋の主《あるじ》が事故死をした一件を追っていた。依頼した家族は、事故死を装って殺されたのだと考えている。というのも、それ以前に二度ほど放火騒ぎがあったからだ。山岸屋を潰《つぶ》そうとしている者がいるのか……。

ところが、これらの事件を調べ始めた鳴海屋の始末人たちが次々と襲われ出した。最初は蓮見宗二郎、続いて伊平も。襲ったのは、いずれも屈強の遣い手で、一人は柔術の手練《てだれ》だ。

鳴海屋の始末人が総動員で事件を追うが、犯人の影すら見えてこない。

そうこうするうちに、またしても犠牲者が出てしまった。今度は若松の主人だ。若松の一件と山岸屋の一件、どうやら根は一つの可能性が高い。背後には、腕利きの侍を抱える一味の存在があるようだ。それを指図する首謀者の目的は何か……。

事件の核心に迫ろうとする宗二郎の前に一人の老人が立ちはだかる。それは、いかにも頼りなげな老爺であった。だが、そのうらぶれた老骨の動きは、宗二郎を驚嘆させた。一部を本書から引用してみたい。

「一刀流か」
「流などない。風来人の剣じゃ」
根岸はそのままゆっくりと間をつめてきた。殺気がない。その姿から覇気すら感じられない。顔もおだやかで、ただ親しげに歩み寄ってくるように見えた。(中略)
根岸は表情すら変えず、スタスタと歩み寄って来る。(中略)
……斬った!
と感じた。が、ひょいと根岸が脇へ跳ねていた。宗二郎の切っ先はむなしく空を切る。
迅《はや》い! しかも、根岸は宗二郎の斬撃を見切り、肩口からわずか一寸ほどのところで刀身をかわしていた。神技といえる体さばきである。

宗二郎は弾かれたように飛びすさった。鳥肌が立ち、体が顫《ふる》えた。

根岸夢斎は、我々が想像する「剣豪」とはまったく異なるタイプの剣客である。おそらく鳥羽ワールドばかりではなく、わが国の時代小説のなかでも異例の存在であろう。

その頼りなげな老人がふるう「風来の剣」と、宗二郎の秘剣鱗返しとがぶつかり合うときに生まれる「勢い」にもまた、独特の味わいがある。「勢い」の質が違うのだ。動と動とが、あるいは檄《げき》と烈《れつ》とがぶつかり合って生む「勢い」ではない。一方は無であり虚なのだ。それでいながら、読者の肌を打つかのような裂帛《れっぱく》の気合いが行間から迸る。そこが、本書の読み所の一つといっていい。最強の敵を前にして、宗二郎はどう闘うのか？　そして、事件の真相は……。

という具合に、久々に我々の前に登場した蓮見宗二郎ではあるが、彼が巻き起こす「勢い」は衰えるどころか、ますます盛んである。しかも、その「勢い」の源泉は、宗二郎独りではない。鳴海屋の始末人たちがその「勢い」を煽《あお》り、その始末人たちを襲う手練の殺し屋が拍車をかける。

さらに「勢い」だけではなく、仕掛けられた「謎」が面白さを増幅させる。それは、ミステリー作家としての秀《すぐ》れた資質をもつ作者だからこそ構築できる世界でもある。これを機に、鳥羽亮の時代小説の世界を心ゆくまで堪能していただきたい。

本書は文庫書下ろし作品です

|著者|鳥羽 亮　1946年生まれ。埼玉大学教育学部卒業。1990年『剣の道殺人事件』で第36回江戸川乱歩賞を受賞。著書に『上意討ち始末』『秘剣　鬼の骨』『青江鬼丸夢想剣』『三鬼の剣』『隠猿の剣』『鱗光の剣』など。

風来《ふうらい》の剣《けん》

鳥羽《とば》 亮《りょう》

講談社文庫

定価はカバーに
表示してあります

2004年10月15日第1刷発行

発行者――野間佐和子
発行所――株式会社　講談社
東京都文京区音羽2-12-21　〒112-8001
電話　出版部（03）5395-3510
　　　販売部（03）5395-5817
　　　業務部（03）5395-3615

デザイン―菊地信義
製版――豊国印刷株式会社
印刷――豊国印刷株式会社
製本――加藤製本株式会社

Printed in Japan

ISBN4-06-274902-5

講談社文庫刊行の辞

二十一世紀の到来を目睫に望みながら、われわれはいま、人類史上かつて例を見ない巨大な転換期をむかえようとしている。

世界も、日本も、激動の予兆に対する期待とおののきを内に蔵して、未知の時代に歩み入ろうとしている。このときにあたり、創業の人野間清治の「ナショナル・エデュケイター」への志を現代に甦らせようと意図して、われわれはここに古今の文芸作品はいうまでもなく、ひろく人文・社会・自然の諸科学から東西の名著を網羅する、新しい綜合文庫の発刊を決意した。

激動の転換期はまた断絶の時代である。われわれは戦後二十五年間の出版文化のありかたへの深い反省をこめて、この断絶の時代にあえて人間的な持続を求めようとする。いたずらに浮薄な商業主義のあだ花を追い求めることなく、長期にわたって良書に生命をあたえようとつとめるところにしか、今後の出版文化の真の繁栄はあり得ないと信じるからである。

同時にわれわれはこの綜合文庫の刊行を通じて、人文・社会・自然の諸科学が、結局人間の学にほかならないことを立証しようと願っている。かつて知識とは、「汝自身を知る」ことにつきていた。現代社会の瑣末な情報の氾濫のなかから、力強い知識の源泉を掘り起し、技術文明のただなかに、生きた人間の姿を復活させること。それこそわれわれの切なる希求である。

われわれは権威に盲従せず、俗流に媚びることなく、渾然一体となって日本の「草の根」をかたちづくる若く新しい世代の人々に、心をこめてこの新しい綜合文庫をおくり届けたい。それは知識の泉であるとともに感受性のふるさとであり、もっとも有機的に組織され、社会に開かれた万人のための大学をめざしている。大方の支援と協力を衷心より切望してやまない。

一九七一年七月

野間省一

講談社文庫 最新刊

笠井　潔　ヴァンパイヤー戦争《ウォーズ》4〈魔獣ドゥゴンの跳梁〉
九鬼を待ち受ける戦闘サイボーグの正体は。ヴァンパイヤー軍団を凌ぐ超生物兵器も迫る。

和久峻三　飛驒白川郷メルヘン街道殺人事件〈赤かぶ検事シリーズ〉
合掌造りの白川郷で人気女優が撃ち殺された。かつての任地で葉子弁護士と父娘法廷対決！

西澤保彦　夢幻巡礼
能解警部の部下は連続殺人犯。彼の究極の目標とはいったい誰？　人気シリーズ番外編。

姉小路　祐　首相官邸占拠399分
国家組織に裏切られた男たちが「最後の賭け」に出た！　〝桜の罪〟を問う衝撃の問題作。

荒　和雄　預金封鎖
不良債権処理に悩む総理とバブル崩壊で挫折した銀行マンが見つけだした恐怖の政策は!?

浜　なつ子　死んでもいい〈マニラ行きの男たち〉
フィリピーナにはまって日本を棄てた男たちの生活をリアルに描いたノンフィクション！

小林紀晴　アジアロード
『アジアン ジャパニーズ』の著者が講談社文庫初登場。自らがアジアに出会う新しい旅に出た。

横田濱夫　お金の基礎教育〈12歳までに身につけたい〉
「子供がカツ上げに遭ったらどうするか」。具体例から親子で学ぶ、お金と経済の仕組み。

村上春樹　回転木馬のデッド・ヒート〈作家デビュー25年記念〉
都会で暮らすさまざまな人間像を描いたスケッチブック。あなたに似た人はいませんか。

村上春樹　ダンス・ダンス・ダンス(上)(下)〈作家デビュー25年記念〉
『羊をめぐる冒険』から4年、激しく雪の降りしきる札幌の街から「僕」の冒険が始まる。